1
Adventure of the Outlawed Tamer
with Beautiful Explorers.
Story by SkyFarm Illustration by Ookuma Nekosuke

神国の象徴、
自由を求める聖女様！
リリルナシル

元気いっぱい、目にも留まらぬ
Sランク冒険者！
ビレナ

「なん……で？」
「にゃはは。遅くなっちゃって
ごめんね！」
俺を守ろうと立ちふさがったキュルケ
のさらに前に、救世主が現れていた。

脱法テイマーの成り上がり冒険譚
～Sランク美少女冒険者が俺の獣魔になっテイマす～
1
すかいふぁーむ
イラスト 大熊猫介

CONTENTS

プロローグ

目の前に現れたそれは、あまりにも巨大な怪物だった。

海面より上に見えている部分はその身体の半分程度だと見えるが、それでいて一般的な竜種の十倍を優に超えている。

――海洋魔神リヴァイアサン

七つの竜の首を持つ強大な生き物がそこにいた。

対峙しているパーティーにもドラゴンはいるが、リヴァイアサンの七つある首のうちの一つだけで、容易にその竜を丸呑みできるだけのサイズの差があった。


「難敵ですな……」

宙へ浮かび、刀と呼ばれる切れ味にすべてを注いだ武器に手をかける少女。艶のある黒髪を後ろで一つに束ね、着ている服は東洋の侍の好む袴《はかま》。人の姿を取っているが、その正体は歴代最強と名高い龍王だった。

今いるメンバーの中で最も新参ではあるが、その力量に疑いの余地はない。


「腕がなるわね」

宙に巨大な樹木を浮かべ、その枝の一つに優雅に腰掛ける美女。金髪に透き通る肌。紅い瞳が大きく揺れる、エルフの女王。

丸腰に見えるが、その武器は自らが誇る強大な魔力が生み出す弓矢だ。いつでも出せるよう準備を整えていた。


「魔神まで相手取ることになるとはな……」

小柄な体躯に露出も多く、身体のラインに添わせただけの装備を身にまとう黒い羽を生やす少女にしか見えない悪魔。悪魔の中でも高位の一柱だが、いまやパーティーにおける精神的な柱にもなる存在だった。


「私の刃が通れば良いのだがな……」

褐色の肌に全身鎧を身にまとい、借り物の竜に乗る騎士。得物は背負った斧だ。

本来の持ち主でないというのに竜との相性は非常に良好に見える。

かつて小国の軍事力を一手に担っていた騎士でもあった。

「ふふ。遠慮なくやってください。何かあればすぐ治しますから」

天使の羽を生やし空へ浮かぶのは、伝説とまで言われた聖女。

純白の衣装から隠しきれない凶悪な武器《乳房》が覗いていた。

小柄な身体ではあるが人一人と並ぶほどの大きな杖を携えて微笑む姿はまさに、聖女そのものだった。

「よーし。じゃ、やっちゃおー！」

褐色の肌に猫のような耳と尻尾。落ち着きなく空中を飛び回る元気な獣人の少女。

全力を出した時のそのスピードを目で追えるものは、この場にいる実力者たちの中でも半数ほどだろう。

六人が合図を待っていた。

主である男の号令を。

「よし。やろうか」

一つ一つの頭がそれぞれに大陸を滅ぼしかねない力を持つような怪物。

その攻略法は七つの首を同時に落とすことだけだ。

並み居る騎士団や冒険者たちが挑み、敗れてきた相手。

だというのに、七人のパーティーに気負った様子はまるでなかった。

彼らにとってはこの強大な相手の放つ脅威以上に、パーティーメンバーへの信頼が溢れているようだった。

第一章　Sランク冒険者との出会い

――テイマー

「劣等職」として有名な冒険者の職種。

それでいてテイマーとして活動する冒険者、あるいはテイマーを目指して活動する冒険者は後を絶つことなく存在し続けていた。

劣等職でありながら一定数がこの職種を目指す理由は単純だ。

冒険者はそのほとんどが一攫千金《いっかくせんきん》を夢見る人間である。生きるためだけなら安全な仕事は他にもあるというのに、わざわざ命を危険に晒《さら》してまで冒険者をやっている人間たちはみな、一種のギャンブラーだ。

そんな冒険者たちにとってテイマーの持つ一攫千金感や大逆転要素というのは非常に魅力的に映る。

一度テイムしてしまいさえすれば、自分より圧倒的に強い魔物の力によって人間では到達し得ない頂を夢見ることができる職業だからだ。

それがテイマー。

生まれ持った特別なスキルや才能がないものにとってはまさに、希望の星だった。

とまぁ、そんなわけだからテイマーを目指す人間は半分以上まともな力を持たず、それでいてまともに戦おうとしないというレッテルを貼られている。これが劣等職としての地位を揺るがぬものとしてしまっている理由だ。

ドラゴンをテイムするような強力なテイマーがここ最近出現していないことなども、輪をかけてテイマーの地位に悪い影響を与えていた。

さて、じゃあ俺、リントはどうかといえば、例に漏れず弱い魔物だけを連れたテイマーらしいテイマーだった。

ほとんどのテイマーはそう都合よく自分より強い魔物など従えることができないし、もともと自分の努力より他力本願で成果を出したい人間だからまぁ、こうなるのも仕方ないと思う。

「だってさぁ、お前らがどんどん強くなったら俺、サボれるじゃん？」

「きゅっ！」

今はまだ唯一の相棒であるキュルケに声をかける。

可愛らしく返事をしてすり寄ってきたのでその羽毛を撫でてやると「きゅきゅきゅきゅ」と鳴いて喜んでいた。

キュルケは元々スライムだった魔物だ。

　スライムとは不定形のふよふよした最弱の魔物であり、まともな力を持っていなかった俺が唯一従えることができたのがこのキュルケだった。

　当時の俺はゴブリンすら倒せなかったし、今でも倒すことはできても確実に従えるほどの余裕はないと思う。

　テイムをするためには自分がその魔物以上に強くあるか、あるいは罠などを生かして追い詰めるか、何か魔物が求めるものを与えることで契約するといった必要がある。力のない俺が実践できるのは最後の方法だけ。

　ゴブリンを喜ばせる趣味もないし、ゴブリンが求めるものなんて人間の女、とか言い出しそうなのでなしだ。絶対に。

「ゴブリンにやる女がいたら俺が手を出す！」

「きゅきゅー？」

「やめろ！　そんな目で見るな！」

　そんな甲斐性がないことを見抜かれているようでそわそわする。

　ずっと一緒にいたキュルケには色々バレているようでやりづらかった。

　こいつは出会った頃とは姿かたちもすっかり変わり、それに伴って強さも通常のスライムの比ではないものになっている。この力を借りればもう少し、力でねじ伏せて色々テイムできる気はするんだけど、逆に言えばキュルケがいるおかげでそういう中途半端な魔物は必要なくなっているのが現状だった。

改めてキュルケを眺める。こいつは俺が練習でテイムして、その後解放したはずなのに付いてくる変なやつだった。

地を這うスライムの面影などまるでなくなっていて、身体は羽毛に包まれ、小さな角と羽まで生えた、よくわからない生き物。それが今のキュルケだ。

よくわからなくても強いし可愛いから何でもいいだろう。テイムされた生き物は強くなるって本にも書いてあったし、そういうものなんだと思う。

読んだことがあるのが怪しげな本だけだったから一応他のところでも確認したが、テイムされた生き物が成長するという話はまあ、ちらほら聞くことがあった。

ただまあ、わざわざ弱い魔物をテイムしてから成長させて使うような人間がそもそも少ない。普通は最初から強い魔物をテイムして使役しようとするので、俺以外にこの現象が起きたのは見たことがなかった。

「ま、何にせよお前が強くなってくれて嬉しいよ」

「きゅきゅー！」

よくわからないが嬉しそうに周囲を飛び回る謎の生き物と戯《たわむ》れながら道を進む。

舗装された道、土魔法による建造物、あちらこちらで店が様々なものを売っている様子を見るとテンションが上がった。

「キュルケ、ようやく王都にきたぞ」

「きゅきゅー」

田舎者の俺にはすべてが新鮮に映る。

これまで拠点にしていたのは生まれ故郷であるディタリア王国の辺境フレーメル。馬車すら通っていないド田舎のため、ここに来るには鍛えている冒険者の足でも何日もかかった。

まして俺は途中で街道に出て馬車に乗り込むための金銭的な余裕すらなかったため、結構な時間をかけてここに来ることになってしまっていた。

「長かった……」

フレーメルからの距離もさることながら、王都にたどり着くまでの様々な出来事を思い返して自然と口をついて出てきた。

辺境のフレーメル。そこで何とか実績を積み、やっとの思いでDランク冒険者になった。

冒険者のランクはFから始まる。一つ上のランクに行くためには当該ランクの適性クエストを規定回数クリアしていく必要があるが、ギルドの信頼も薄いテイマーに回ってくる仕事は実績を積むのに苦労するものばかりだった。

ただその中で何とかDランクまで漕ぎ着けた。一般に冒険者だけの食《く》い扶持《ぶち》で生きていくためにはCランクが必要と言われている。ここまではいわば、チュートリアルだった。

もちろん俺もこのままDランクに甘んじているつもりはない。

Bランクにもなれば大商人や貴族から声がかかる可能性のある一流のプロ。そこまで行けば、成功と言えるんじゃないだろうか。目指すのはそこだ。そうなると辺境で活動してもあまり意味がない。

というわけで、満を持して割の良い依頼が多いと言われる王都へ上京してきたというわけだ。

王都に来て真っ先に向かうのはもちろん、冒険者ギルド。

俺はこれまでの自分の活動を振り返りながら、初めて王都のギルドへ足を踏み入れた。

「さあ、ここから俺の伝説が始ま――」

「どいてどいてー！」

声のする方へ振り返る。

「コカトリス……？　それも、変異種⁉」

いや、そんなこと言ってる場合じゃなかった！　もう避《よ》けられないなこれ……。

伝説の第一歩は獣耳の少女と、その子が抱えてきたバカみたいにでかい牛のような鳥のような魔物に吹き飛ばされた。

迫りくる少女と、その少女に引きずられる魔物にぶつかられた衝撃を受け止めながら、ようやく思考が追い付いてくる。身体はまだ宙を浮いていた。

「わぁっ！　ごめんね、大丈夫？　あ、でもちょっと今は急いでるからー！」

少女はそれだけ言って俺が開きかけた冒険者ギルドの扉をくぐっていった。一方俺はそのまま入り口を離れ、ドアの向こうに数メートル飛ばされていた。

った。

ただ出鼻をくじかれてしまったのは間違いない。何となくトボトボとギルドの扉をくぐり、中へ入った。

キュルケが心配そうによってきたので大丈夫だと撫でてやった。

「きゅー？」

「いてて……何だったんだ……」

鍛えていて良かったと心の底から思った。

「いてぇ！」


ギルドは入り口からしばらくは酒場になっており、常に何人かの冒険者たちが団らんをしたり、情報交換をしたりで集まっている。

今もそこにいた酔っ払いたちが、先程の少女の話題で盛り上がっていた。

「さすが瞬光のビレナ、またAランクモンスター抱えて帰ってきやがった」

「またソロだろ？　誰か誘えよ」

「ソロでAランクボコボコにできる冒険者なんざ、誘えるのはSランク冒険者くらいなもんだろ」

瞬光のビレナ。それがあの獣人の少女の名前らしい。

やや褐色ぎみの肌が目立つ。いやそれ以上に、ひと目で獣人とわかる猫のようなフサフサした耳と尻尾。それを隠そうとしない露出の多い服が目立った。目の下によくわからない模様があるが、自分でつけたのか生まれつきなのかわからない。

「Aランクをボコボコということは少なくともAランクか、下手をすればSランクの冒険者か」

頭の中を整理するためにキュルケに声をかけたつもりだったが、近くにいたおっさんに聞かれていたようで声をかけられた。

「何だ兄ちゃん、ビレナを知らねえってこたぁお前、新参者か」

声をかけてきたのは長身のハゲのおっさんだった。

銀色のプレートメイルに背中に大きな剣。歳はいっているようだがオーソドックスな装備でこの歳まで活動しているということは、それだけでそれなりの実力と情報を持っていることにほかならない。

何よりアチラコチラについた傷が歴戦の冒険者であることをうかがわせていた。

上位ランカーがこんな新参者に声をかけるとは思えないが、もしかしたらCランクや、下手すればその中でも上位の冒険者かもしれない。

「フレーメルの方から今日やってきた。色々教えてくれるとありがたい」

そう言って酒代をテーブルに置く。

「さすが。フレーメルで鍛えられたやつは基本が身についてるな。俺はディグルドだ」

冒険者同士に敬語はいらないが、酒は必要だ。何より情報はタダではないからな。

こうして声をかけてきたということは、ディグルドにとってこれも仕事の一つということだ。

仕事には対価を。上位にあがるなら必ず覚えておかなければいけない常識だった。

「フレーメルってのは王都でも通じるのか」

「何だ兄ちゃん、フレーメルしか知らずにやってきたのか？　そいつはすげえな」

フレーメルは王都まで何日もかかる片田舎。馬車すら通っていない地域なのでそもそも移動できるのは冒険者をやっている人間か、それを雇えるような人間に限られる。

そんな場所ではあるが、冒険者にとってはほどよい魔物が出現する穴場として知られている、と俺は聞いていた。少なくとも王都の人間が名前を知っているということは、どうやら名が知れていることは本当らしかった。

「まあその話は今度にしようか。さてと、何から聞きたい？」

ディグルドが俺の様子を観察しながら何かメモのようなものを取り出し尋ねてくる。

だが返事の前に、定位置であるポケットから顔を出したキュルケと目が合い、こう付け足した。

「おっと、兄ちゃんはテイマーか。残念だがテイマー向けの情報は少ねえな」

「わかってる。別にそれは構わない」

テイマーは劣等職かつ嫌われ者。

嫌われる理由は単純で、魔物のテイムを手伝わされるケースが多く、足手まといになりやすいからだ。

ただ王都においてはこうして会話する分にはその限りではないらしい。

フレーメルにはテイマーであるというだけでバカにしたり、場合によってはちょっかいをかけるやつもいるんだが、ディグルドはそういった類ではなかった。

まぁテイマーでも、ドラゴンやフェンリルといった強力な魔物を引き連れていれば話が変わるわけだが……俺の連れはこのスライムもどきだけだからな。仕方ない。キュルケが不服そうな目でこちらを睨むがどうしようもないことだった。

「んじゃこっちの情報がねえみたいだからそこからだな」

ちょうどよく届けられたエールのジョッキをぶつけ合い、飲みながら話を始める。

「さっきのはビレナ。ここ数日のギルドランキングトップを走ってるAランクの冒険者だ」

「あれでまだAランクなのか？」

「ああ、兄ちゃんはわかるやつだったか」

わかるやつ、というのはおだてもあるだろう。

ただ上位ランカーはその人の強さを見ただけで判断できるという。俺の場合はコカトリスを見て気がついただけだが。

「そもそもソロでAランクってのがまずおかしいんだ。普通はパーティーを組んで何年も実績を積んでようやくだからな」

もっともな話だった。

「もっと言やあ、Bランクで十分すぎるほどの地位と名誉と収入が得られるってのにその上を目指してるだけでまぁ、俺からしちゃあおかしな連中なんだがよ」

ディグルドの言う通り、Bランク以上のいわゆる最上位ランカーが少ないのはこれが理由だ。

ほとんどは冒険者を引退して騎士団に入ったり、貴族のお抱えになったりしている。

一方で大商人がスポンサーになる形で活躍を続けるものもいるが、命を危険に晒すような上位のクエストに挑むことはなくなるため、これも実質冒険者を引退していると言えた。

Aランクになってなお、コカトリスの変異種という命の危険のある相手をしかもソロで倒しに行くような冒険者は珍しいということだ。

「連れて帰ってくる魔物に刀傷がねえところを見るとまあ、多分拳闘士なんだけどなぁ」

「何で多分なんだ？」

「それがな、誰も戦ってるところを見てねえんだ」

そんなことがあるのか？　これだけ騒ぎになるような冒険者であれば、何人か情報収集のために見に行っていてもおかしくないと思うんだが……。

「見てねえってのはまあ、正確じゃあねえな。戦ってるのを見たやつの話じゃ、速すぎて見えなかったんだとよ」

「は？」

「俺も耳を疑ったよ。だが確かな筋の情報だ。俺はそいつを信用して情報を売っているし、そいつに見えねえんじゃ俺にも見えるはずがねえ」

「だが……」

だとしたらもう、そのビレナという獣人はAランクで収まる存在ではないということだ。

「見た目の可愛らしさに惹かれて何人もパーティーを申し込んだがな。もちろん高ランカーもいたぞ？」

結果はまぁ、今の姿を見れば言うまでもないことだろう。

「全部断ってる筋金入りのソロプレイヤーだな」

「なるほど……」

ランキングトップの情報が聞けたのはありがたい。冒険者ギルドは功績のある冒険者には甘く、そうでない人間、ましてやテイマーといった厄介者に対する扱いは厳しくなる。

そういう意味で俺にとってランカーというのはなるべく関わり合いになりたくない存在だった。万が一俺がさっき揉め事を起こしていたら、登録前に王都での活動が終わっていた可能性すらある。

「深刻そうな顔をしてるが、そう慎重にならんでもいいタイプだがな」

「俺はテイマーだからまあ、人一倍気をつけていくことにするさ」

軽くだがフレーメルでの出来事をディグルドに告げると、彼は同情したような顔になった。

「兄ちゃん、だいぶ苦労したんだな……」

「テイマーだからな」

「それにしたってフレーメルの連中は手厳しすぎるぞ。そりゃ」

「そうかもしれないな……」

そもそもあそこは初心者に厳しい、というより全体の治安が悪かった気もする。

鬱憤《うっぷん》の溜まった連中が下にきつく当たることは日常茶飯事だし、中でもテイマーだった俺は最悪だったと言える。今振り返ってもなかなかな思い出ばかりが頭をよぎった。

「よし。ちょっとサービスだ。王都はそこまでテイマーにも低ランクにも厳しくねえからな！」

「そうなのか？」

あの地域の低ランクイビリは少し異常なところはあったが、テイマーの扱いについてはどこも一緒だと思っていた。何せこれに関してはギルドまで加担していた部分があるくらいだからな。

「王都は人が多い。色んなやつがいるからな。いちいちテイマーだけを特別扱いはできねえってこった」

「なるほど」

もちろん、パーティーを探すのは苦労するがな、と付け加えるディグルド。

それについてはもう割と諦めてるからいいんだけどな。

いや憧れはあるんだけどな……。信頼できる仲間と背中を預け合うようなシーンはそう、冒険者をやっていれば誰だって一度は憧れるんじゃないだろうか。

まあその点、テイマーはソロでも実質パーティー戦を実現できるのもメリットだ。

俺はまだキュルケしかいないから無理だが、本には五体の魔物にそれぞれアタッカーやヒーラーなどの役割を振って活躍している姿も載っていた。憧れの一つだ。

「ここの特別ルールでな。Dランクまでしか受けられねえ優先クエストもある。他所《よそ》じゃ割の良いのは上位がかっさらうことも多いが、ここじゃそういったことがねえように調整されてる」

「それはありがたいな」

「さらに言うとだ。そもそものクエストの数が地方とは違う。見て驚くなよ？」

「それは期待できるな」

その後も人のいいディグルドはサービスと称して色んな情報を出してくれていた。とてもじゃないがエール一杯でまかないきれる情報量ではなかった。

話をしてわかったことを整理する。

重要なのはまず入り口でぶつかった少女、ビレナに関することだ。

ビレナは王都のランクトップを独走する圧倒的な強者。

不用意に近づいたり、間違っても逆らわないようにすることを心に誓う。これだけでトラブルに巻き込まれる可能性はぐっと低くなるだろう。

基本的に嫌われ者で人の役に立ちにくいテイマーなんだ。目立ちすぎるようなことはしたくないし、したくても大したこともできない。

二つ目はおいしいクエストの情報。

これは自分で見てもある程度わかるだろうと高《たか》を括《くく》っていたが、ディグルドの話を信じるならもはや自力ですべてを確認するのは不可能なくらい大量のクエストが並ぶらしい。その上毎日目まぐるしくクエストが入れ替わるという。

そのおすすめクエスト情報だけのために、ディグルドの情報を買いに来る人間も多くいるくらいだと聞いた。せっかくなので俺もいくつかおすすめを教えてもらった。

「フレーメルのときは受付嬢に助けてもらえたけど、王都はあの様子だと厳しそうだな」

ひっきりなしに来る冒険者をすごいスピードで捌《さば》く受付の人間たちを見てこの考えは捨てた。

あと特筆すべき点があるとすれば、近いうちに隣の神国から教皇と聖女がやってくるということくらいだと、ディグルドは言う。

これは直接の影響はなさそうではあるが、この期間はこれに合わせたクエストが溢れるので割の良いクエストの見極め方がまた変わるという話だった。

「ま、それはまたおいおい考えるよ」

「そうかい」

ニヤリと笑ったディグルドの前に礼の意味を込めてもう一杯分の金を置いた。

「ありがとう。これからもよろしく頼む」

「おうおう。こっちもよろしく頼む」

ジョッキを掲げて笑いかけるディグルドに背を向け、おすすめされた依頼を拾いに掲示板に向かう。

「まずはその大量にあるっていう依頼を見るのも、楽しみだな？」

ポケットの中のキュルケに声をかけながら移動する。

「きゅっ！」

ギルドの横にある依頼掲示板に向かっていくと、納品を終えたビレナと目が合った。話を聞いた後だと高ランクの冒険者と対面している緊張感のようなものがある。

視線を外すためにギルドのカウンターを覗くと、あのバカでかい魔物がいた。やっぱり間違いない。

コカトリスの亜種だ。

ただのコカトリスで危険度Aランク。亜種のランクは種類によるが、大体通常種より危険度は高い。

頭の横に青いラインがあるから雪原地帯の非常に標高の高い地域にのみ存在するタイプだったはず。

そもそもたどり着くのも困難なフィールドで、たどり着いたとして通常のコカトリスと同等以上の強さを持つ魔物。相手に有利なフィールドでそんな化け物と戦わないといけないというのに、驚くことにそれをソロでこなしているという。

俺もそのくらいの魔物に挑んで、場合によってはテイムを試してみたいものだった。ただ現実的には、一生かかっても倒せないだろうなぁ……コカトリスなんて。

それこそ、奇跡的にSランク冒険者がテイムを手伝ってくれるようなことでもない限り。

と、ぼーっとしてしまったせいで何故かビレナの方からこちらへ寄ってきてしまっていた。

「あっ！　さっきの！　ごめんね？　怪我はなかった？　えっと……」

何て呼べばいいかわからず戸惑っていたので、一応自己紹介だけはしておくことにする。

「リントだよ。怪我はない」

なるべく関わらないようにと思っていたのに向こうから声をかけられて俺も戸惑った。

「良かったー。私ほら、あんまり加減できないからさー。あ、私はビレナ。よろしくね」

何というかこう、身体全体を使って身振り手振りで喋る様子がこう言っては何だが可愛らしく映った。

初めてぶつかったときには身体が小さいなという印象しかなかったが、こうして近くに来ると大きな目がくりくりと揺れ動いてドキドキさせられる。

簡単に言えばそう、獣人だとかそんな細かいことは関係ないと思えるほどの可愛い少女だった。

辺境にいた俺からすると獣人というだけで珍しいのに、それもかなりの美少女が触れるほどの距離に近づいてきているこの状況に冷静な判断力が失われている。

いや待て。何ならもうすでにペタペタと身体を触られはじめたぞ⁉

「何を……⁉」

「んにゃ？　本当に大丈夫かなって。ちょっとくすぐったいかもだけど我慢してね」

そう言って俺の身体を弄《いじ》り続けるビレナ。

向こうは本当に怪我をしていないかの確認以上の意味は持っていないのだろうが、それでも少し、不覚にもドキドキしてしまっている自分がいた。

「んー。大丈夫そうだね！」

「ああ……」

もうこうなると獣人がどうこうは関係ない。

そもそも若い女の人自体ほとんどいなかったフレーメルから来た俺にとって、これだけの美少女にこんなに近づかれたり触られることは刺激が強すぎた。

だからだと思いたい。なるべく関わらないでおこうと思った張本人に対して、かなり精神的に無防備になっていたのは。

「ねえ、テイマーだよね？」

「そうだな……？」

ひとしきり俺の身体を触ったビレナがようやく身体を離す。

テイマーというのはキュルケを見ればひと目で分かると思うが、わざわざ確認したのは何故なんだろうかと警戒する。

テイマーと獣人の関係は複雑だ。

そもそもテイマーというものがよく理解されていないせいで、テイムと奴隷契約が同一視されている部分があるのが最大の理由だ。

まずテイマーは言葉が通じる相手にテイムは行わない。というかその性質上、言葉が喋れるほどの自我を持つ相手を強制的に従えるようなことはできないのだ。

なぜならテイムは従魔——獣魔ともいう——との間の信頼関係で成り立つ平等な契約だからだ。

お互いの条件を提示しあって契約へと至るし、それが破られればどちらからでも契約を破棄できる。

その点、奴隷契約は完全に一方的な契約だ。奴隷となったものは自由を奪われる。当然そんな条件なので、現在は教会やギルドといった国をまたぐ大きな組織しか扱えない「スクロール」で厳重に管理している。使われる相手も犯罪や借金など、どうしようもない理由でそうならざるを得ない場合だけだ。

——と、テイムと奴隷化は大きくかけ離れた性質を持つんだが……傍《はた》から見たときには似たものに見えるせいでテイマーは誤解されやすい。

結局、安全な場所から従魔に指示だけ出して戦わせるテイマーと、自分が楽をするために奴隷を酷使して働かせる奴隷制度は同じように見えるんだろうな……。

そのせいか歴史上奴隷としての過去を背負う亜人たちほどテイマーを敵視しやすくなるという、こちらとしてはどうしようもない問題が発生していた。そしてその最たる例が、目の前にいるビレナのような獣人だった。

獣人は種類によっては人よりも獣に近いものまでいる。その場合はもう感情が亜人側より獣や、下手をすれば魔物側に傾きやすくなる。こうなるともうどうしようもなかった。

目の前の美少女からそういう雰囲気は感じないものの、人は見かけによらない。次の一言に注意して、最悪の場合逃げられるように身構えた。

だがそんな俺の心配を他所に、ビレナから放たれた言葉は予想外のものだった。それこそもう、俺だけでなくギルド中に衝撃を与えるレベルの予想外だった。

「私とパーティー組まない？」

「はぁっ⁉」

突然の誘いにギルド中が騒然となる。

それもそうだろう。さっきの……ディグルドから聞いた話じゃ連日大量の誘いを受けながら、その一切に応えなかったというのだから。

そんな飛ぶ鳥を落とす勢いの孤高のトップランカーが、まさかこんなぽっと出の低ランクテイマーを自分からパーティーに誘うなどとは誰も思わなかっただろう。

「何でまた……？」

「んー……匂い？　何か君はいい匂いがするから」

ギルド中のおっさんたちが腕を上げて自分の匂いを確認し始めた。

俺も思わず服の裾を引っ張って匂いを嗅いでみたが、泥と汗でむせそうになってすぐに顔を離した。

「にゃはは。そういうのじゃなくてね」

「どういうことだ……」

「んー。あ！　人間で言うと多分、雰囲気」

雰囲気か……。そんな漠然としたもので選んでいいのだろうか。いやまぁ、少しくらい人と違うぶっ飛んだ要素がなければソロでAランクの冒険者なんてやってはいないだろうけど……。

「ま、いいじゃん？　どう？　悪くない話だと思うけど？」

もちろん悪い話ではない。騙《だま》されているにしたって、騙すならもっといいカモはたくさんいたはずだ。

これが王都ギルドをあげて俺をハメるための罠とかいうなら話は変わるが、そうじゃないなら自分からパーティーを申し込むような人間を騙したほうが早い。

そもそもこんなDランクのテイマーを騙したところで、どう搾り取ってもメリットは少ないだろう。実際旅費もケチるようなギリギリの状況だったわけだしな……。

「確認したいんだけど」

「ん、いいよいいよ。何でも聞いて！」

それに、屈託なく笑うこの美少女が、人を騙すようなことをするようには見えなかった。

「ビレナはこの王都のギルドのトップランカーなんだろ？　ってことは何か目的があって依頼をこしてるんじゃないのか？」

ギルドの功績は別に一定期間内にあげなければいけないものではない。じっくりとやったほうが当然安全性が上がることを考えれば、圧倒的な独走状態を突っ走るほどの頑張りは何か理由があるように見えた。

「俺と組んだらそれが遅くなるだろ？」

「なるほど。別に私は急いでたつもりはないいんだけどねー」

ということは、マイペースながらこれだけの成果をあげていたということだろうか。圧倒的な力を持っているために。

そうなるといよいよ、Aランクの上の化け物たちの姿が頭にちらつく。

——Sランク冒険者

大陸中を探し回っても十人前後しかいないはずの伝説の存在。

その力は一人で国家戦力に相当し、また国家を滅ぼす災厄級の魔物たちと互角に渡り合える決戦兵器でもあった。彼女の話を聞けばそれも十分可能な気がしてくる。

「あのね、大きな目的はさっき達成したから、君はあんまりその辺りのことは考えなくて大丈夫だよ？」

「目的？」

ビレナの言葉に首を捻っていると、何やらごそごそと荷物の中に手を突っ込んで探し始める。

程なくして目的のものを掴んだようで、取り出したそれをそのままこちらへ向けて差し出してきた。

「ほら、私もう、Sランクなの」

「は？」

取り出したのは冒険者カードだった。冒険者である俺たちの身分を保証するためのカード。

それをかざして誇らしげに胸を張る。そんなに目立たないがそういう目で見れば結構胸があるようにも見えてく……いやそっちじゃない。

掲げる冒険者カードは白金を基調に、光に反射して七色に煌《きら》めいている。

紛れもない、Sランクの冒険者カードだった。

「本……物……？」

「そうだよー。触ってみる？」

「いやいや、勘弁してくれ」

「にゃははー」

カードに何かあったら末代まで奴隷になっても返しきれないぞ……。

いやその場合即座にここで俺が末代になってもおかしくない。くそう……こんなことなら道中、お姉さんが相手してくれるお店ででも童貞を捨てておけばよかった……。いや待て死ぬには早い。今何もしなければ問題ないはずだ。

落ち着け俺。

よし、落ち着いた。

「で、どうする？　今ならちょっと、手伝ってあげられるよ？」

「手伝う？」

意識を現実に戻そう。

「テイマーなんでしょ？　その子も強いと思うけど、君は一匹で手一杯になるような器には見えないから」

ビレナの大きな瞳がまっすぐにこちらを射抜く。

面と向かって伝説級の存在であるSランク冒険者にそんなことを言われれば、当然悪い気はしなかった。

一瞬だけ考える。

よし。

「よろしくおねがいします」

判断は本当に一瞬だった。

ここで尻込みしたり遠慮をしてしまうのは馬鹿らしい。

何かの罠だとしても、騙されたとしても、このチャンスを前に断るくらいなら最初から王都になんて来ない。

俺はそう、まさにこんなチャンスを掴むためにここまでやってきたんじゃないか。

「おっけー。じゃあ、私も残ってる依頼を終わらせちゃいたいから、夜またお話できるかな？」

「ああ」

俺も登録作業はしたいし、少しくらい自分で王都周辺の依頼をこなしてみたい。

ちょうどいいだろう。

「じゃあそうだなー、このお店でまた会おっか」

そう言って渡されたのは一枚の地図。王都のことはよくわかっていないが、このくらいなら誰かに聞けばわかるだろう。

「じゃ、またあとでねー！」

そのまま勢いよくギルドを飛び出していくビレナ。

さっきコカトリス亜種という大物を持ってきたばかりだというのにもう次の依頼に行く辺り、さすがSランク冒険者といったところだろうか。

「俺たちもいくか」

走り去るビレナを見送って、キュルケとともにギルド受付に向かった。

「いらっしゃいませ。初めての方ですか？」

「はい。拠点変更で」

フレーメルとは違い、受付までテイマーに冷たく当たるタイプでなかったことは助かった。いや別に嫌な顔をされても登録手続きはしないといけないからやるんだけどな……。

まぁディグルドが言っていたとおり、いちいちそんなことを気にしていては仕事が回らなくなるのだろう。

今も俺が記入する間に他の冒険者を受け入れ、そちらの処理を進めているくらいだから。受付嬢、ギルド職員の反応は淡白なものだった。

その代わりと言ってはなんだが、登録作業中ずっとこちらを睨みつける冒険者たちの視線は気になっていた。

「書けました」

「確認いたしますね。少々お待ち下さい」

「はい」

「それより先程の……本当にビレナさんと……？」

淡白だと思っていたが、受付嬢も同じ人間だなと思わせてくれる声かけだった。彼女も気になっていたらしい。

小声でこちらに声をかけてきた。

ただ俺に聞かれてもどこまで本気かなんてむしろ俺が聞きたいという状況だ。素直にそう答えると苦笑しながら対応してくれた。

「そうですよね……失礼しました。ただ、やはり周りの方にはお気をつけください。一応、一時金があれば護衛のご依頼をこのままお受けすることもできますが……」

そんなにやばい状況なんだろうか……。いやまぁ確かに、周りの目は気になる。

特に一人、明らかに敵意が……いやいっそ殺意すら感じるほどの視線を感じていた。

「仮にも冒険者ですから。流石《さすが》にそれは……」

「そうですよね。ですが、お気をつけください。正式にパーティーになったとしてもこの手の視線はつきまとうと思いますので」

言外に身の丈にあった活動をしてくれという訴えかけを感じる。

ただそれは俺ではなくビレナに言ってほしい。むしろSランクの誘いをDランクが断ったとか変な噂になったほうが危ないよな……？　まあ言っても仕方ないか……。

登録作業自体は問題なく行われたので、次はおすすめされた依頼を受注することにする。

掲示板はちらりと見ただけで嫌になる量の依頼書が所狭しと貼り付けられていたので、早々に自分で選ぶのを諦めた。

依頼内容さえ覚えていれば受付に直接言っても問題ないようだったので、先程ディグルドに聞いていた依頼を伝えることにする。受注なしでも無制限納品ができる依頼もあったが、そちらは報告も必要ない。ここで受注処理をお願いするのは二件だった。

●Dランククエスト　下水道調査
●Eランククエスト　フクロネズミの駆除

「かしこまりました。なるほど、ビレナさんが目をつけたのも少しわかる気がしてきますね」

「どういうことだ？」

「どちらのクエストも難易度の割に報酬がよく、かといって人気過ぎてスピード勝負にはならないちょうどよい依頼と言えます。そして何より組み合わせで依頼を選んでくるところが同ランクの冒険者たちと比べて頭一つ抜けるポイントになります。二つ一緒にこなせば効率も良いですからね。依頼を見る目がいいか、慎重に情報を買ってきているか……どちらであっても、冒険者にはなくてはならない力ですから」

こう聞くとディグルドは優秀な情報屋だったらしい。依頼をこなして報酬を得たら改めてお礼に行くとしよう。

「では、頑張ってくださいね」

一通り終わって受付を離れたところで、こちらを睨みつける視線が俺に合わせて移動を開始した。そしてギルドを出ようとしたところでその視線の主と目が合う。

「何か用か？」

敵意を隠そうともせず睨みつけてきていたので、もうこちらから声をかけることにした。

「どんな手を使ってビレナを落とした？」

視線の主は全身傷だらけかつ毛むくじゃらの大男だった。野太い声で意味のわからないことを尋ねられる。

「俺に聞かれてもな……」

そう答えながら男を観察する。

得物は背中に背負った斧か……。肉体に自信があるのか上半身に防具は着けず、ベルトで武器を固定しているくらいだった。

多分人間だと思うが、毛むくじゃらなその姿はドワーフか何かを彷彿《ほうふつ》とさせるものがある。

ちなみに周りにしっかり取り巻きを引き連れていた。数は二人だがどちらも俺とキュルケなら問題なく相手にできそうだった。

「何かあるだろ！　言え！」

男が叫ぶ。

後ろにいる二人も威圧的にこちらを睨みつけてきていた。

「いや、これと言って何も？」

質問はビレナの落とし方だったはずだ。

ただ本当に、これについては全く身に覚えがないので答えようがなかった。匂いと言われたが自分で気にしたこともなかった話だ。

「んなわきゃねえだろ！　あのビレナだぞ！　俺の誘いまで断りやがったやつが何でお前なんかに誘いをだすんだ！」

男の言わんとするところは半分は理解できる部分があった。

Dランクの、しかも弱そうな魔物を一匹だけつれたテイマーがなぜSランクのビレナとパーティーを組めるのかという話だろう。

ただ俺の誘いまで、の部分はちょっとよくわからないけどな……。自分が狙っていた女《ビレナ》を、取られてたまるかということだろうか……。

「うーん……」

仮にビレナが俺に声をかけていなかったとしても、この毛むくじゃらな男にそこまでの魅力があるようには思えなかった。

いずれにしても、何を言われようがもはや俺にはどうすることもできない話だ。俺が首を捻っていると、何か勘違いした様子でこんなことを言い出した。

「よーし、ビレナを俺のとこに連れてきたら許してやろう」

「許す？」

「そうだ。俺はよぉ、てめぇみてえな雑魚《ザコ》が調子に乗ってるのは我慢ならねえ。それはここの連中も思ってることだろう」

周りを見渡すように男がギルドを眺める。

一部は確かに、男に同意するようにこちらに目線を向けていた。

なるほどな。

「俺が許せばお前は助かる。だが、俺が許さねえと言えば、どうなるかわかってんだろ？」

わかりやすい脅しだった。フレーメルでもよくあったことだ。

「お前さん、聞いてりゃDランクかそこらって話だろう？　そんな雑魚より俺のほうがあいつと組むにはふさわしいと、そう思わねえか？」

「そうか？」

むさいおっさんと獣人美少女の並びを想像する。その絵面はやばいだろう。

仮に俺より強かったとしても、その辺りは考えていてほしかった。

せめてそのだらしない体毛を整え、しっかり服を着てからにしてほしい。露出が多いのは美少女だけで十分なんだ。

そんな思いが視線だけで伝わったのか、取り巻きのモヒカン男が声を荒らげる。

「てめぇ！　舐めてんじゃねえぞ！　ギーラン様の言う通りにしやがれ！」

この毛むくじゃらの男はギーランというらしい。

ただギーランと比べても、今声を上げたモヒカンは大した力もなさそうだった。

「あ？」

「ひっ」

案の定取り巻きのモヒカンはひと睨みしたらあっさり引き下がった。何なんだ……。

ただこの態度はギーランの機嫌を損ねるには十分な出来事だったらしい。ギーランが怒りを露わにする。

「おい、今、誠心誠意俺様に謝れば許してやってもいい。んで、とっととビレナのやつを連れてこい」

こめかみをピクピクと引きつらせながらギーランが言う。

俺が低ランクであることは間違いないが、このおっさんとの間にそんなに実力差があるようには思えない。せいぜい仲間の数が俺より多いくらいだろう。

だから少し、その一方的な物言いにイラッとしてこう答えてしまった。

「おっさん、大して強くないくせに取り巻き引き連れてるからか偉そうだな？」

「は……？」

俺の反応が予想外だったのか、ギーランが口をあんぐりと開ける。

こちらも口に出してしまった以上引き下がれない。

あまり目立ちたくないとは思っていたが、王都では考えていたほどテイマーは冷遇されていないようだし、何よりこれ以上ないほど目立ちきってしまったのだ。

今更この程度のことが何か大きな影響を及ぼすことはないだろう。

取り巻きを含めたってキュルケより強いとは思えないしな。

「ビレナと組みたきゃ直接頼め。俺の知ったことか」

「てめぇ！」

俺の追い打ちに我に返ったのか、ギーランがこちらに掴みかかろうと手を伸ばしてくる。

俺は動くことなくそれを見つめていた。動く必要がないと言ってもいい。

相棒のキュルケがなんなくその腕を押し返して怯《ひる》ませてくれたから。

「は？」

「おいおい、スライムも倒せないのにそんな偉そうにしてたのか？」

ギルドにいた他の冒険者たちから笑い声が巻き起こった。

掴みはオッケーといったところだろうか？

やはりビレナのあの一幕をここまで敵意丸出しで見ていたものはそこまで多くはなかったようだ。

そりゃそうだろう。高ランカーからのパーティー結成の誘いがすでに複数断られているとすれば、大多数の中堅以下にとってビレナはただの有名人。

誰と何をしていたからといって自分に大きく影響を及ぼすわけではないのだから、怒りを覚えるのも筋違いというわけだ。

「バカ言うな！　こんな毛も羽も生えたスライムがいるわけねえだろ⁉」

ただそれでは納得できなかった哀れなおっさんがこのギーランというわけだった。

「姿かたちは変わってても、そいつがスライムなことに変わりはないぞ」

「ふざけんな！　わけわかんねえ魔物連れやがって！　こいつ、ぶっ殺して――いでででで！」

キュルケはそのままギーランの腕を取るように巻き上げて締め上げる。

「紛れもないスライムだよ。『進化』しただけの」

「『進化』だぁ⁉　んなもんできるテイマーなんざいてたまるか！」

「ここにいるんだからそれを認めろよ……」

厳密に言えば俺がそうしたわけではないが、いまはそんなことどうでもいいだろう。

キュルケは確かに普通のスライムと比べればかなり強いが、Dランクくらいの冒険者なら苦戦はしないと思う。

実際、組手をすることはあるが俺はキュルケには負けることはない。

そう考えるとやはり、この男が弱いのだろう。

「で、どこの雑魚よりふさわしいんだ？」

「てめぇ！　魔物がつええくらいで偉そうにしやがって！」

ギーランが苦し紛れにそう叫ぶが、もうその時点で哀れさが増すだけだった。

「悪いか？　それがテイマーだからな」

「どうせお前自身は大したことねえんだろ⁉」

「だとしたら何だ？」

テイマーなんてそんなものだろうに。

「俺はそれを悪いとは思わないし、これからも存分にその力を生かしてやっていくよ！」

ギーランを締め上げていたキュルケに手を添える。

「何だっ⁉」

ギーランは驚いて固まったまままろくな反撃も見せられない様子だ。

割とあっさり力比べは終了する。キュルケの力を借りてギーランを宙に浮かせた。

「ぐはっ⁉」

そのまま投げ飛ばすと取り巻きたちの飲んでいたテーブルにぶつかって、ギーランは動かなくなった。

「わわ……うわぁ！」

「おい……どうする⁉」

「逃げるに決まってんだろ！」

取り巻き二人が怯《おび》えて我先にと逃げ出していった。

残ったのは卓を一つ派手にぶっ壊して伸びてる毛むくじゃらの男だけ。

ちょっと目立ってしまったが、ただの雑魚の相手をしただけだろうし、特段問題はないだろう。きっと。多分。よし、良いってことにしよう。

それより気になることがあってバーデンダーに声をかける。

「なあ、この場合こいつの支払いだよな？」

「あぁ、全部見てたから心配しなくていい」

ギルド内の揉め事は起こした本人がツケを払う。これが地元のオリジナルルールでなくて良かった。王都についたばかりでほとんど手持ちの金がない今、すぐに払えと言われたら王都でいきなり借金生活のスタートだ。

Dランク冒険者なんかに金を貸す人間がそうそういるとは思えないことを考えれば、下手すれば奴隷生活のスタートにもなり得るところだった……。

その辺り、もう少し慎重にやろう……今度から。

反省しているとバーデンダーから声をかけられる。

「にしても強いな。フレーメルの新人は」

「こいつが弱かっただけだろ？」

ギーランを指差して言う。こういうのはフレーメルでもよく見る光景だった。

新人にマウントを取ることでストレスを発散するうだつの上がらない冒険者。

そういうのは決まってCランクの壁で悩むんだが、俺相手でこれじゃ何でつっかかってきたかわからない……。Dランクにボコボコにされていたらストレス発散なんぞ叶わないだろうに。

「いいや。一応それでもBランクだよ。問題も多かったけどな」

「は……？」

Bランク？　あれで……？

村にBランクともなれば、普通は雲の上の存在だ。それが今までの認識だった。

常人とは大きくかけ離れた特別な存在だ。

純粋な強さで言っても、武装した集団相手でも無双できるくらいの力が求められるはずだが、これで……？

「王都と地方じゃ依頼数が違うからな。こっちじゃうまい依頼が多いんだろうよ」

「なるほど……？」

にしたってこれでBランクじゃ……。

いやまぁいいか。言ったって仕方ない。

フレーメルはレベルが高いなんて話は身内の贔屓目《ひいきめ》でしかないと思っていたが、こうなってくると
その話も少し見方を改める必要があるかもしれない。

そんなことを考えているとバーデンダーが言葉をつなげた。

「まぁそうはいえども、王都はライバルが多いからな。甘い世界じゃないんだが……いまのアンタに
言っても何の説得力もないいな」

まあ、ギーランの要領が特別良かったと考えるほか、ないだろう。

最後は見捨てられたとはいえ、取り巻きも従えてたんだからそういうことなんだろうな。

「次はもうちょい控えめにやってくれると助かるよ」

それだけ言うと特に動じた様子もなく片付けが始まるギルド酒場。バーデンダーの口ぶりからも、
こんなことは日常茶飯事であることがうかがえる。

騒ぎが収まっていくのを見て、俺もギルドを出ることにした。

◇

ビレナとの待ち合わせまでは時間もある。受注した二つのクエストに行って戻るくらいでちょうど

いいだろう。

目的地は下水道の入り口。割の良い依頼だったのでライバルも多いと思うが、そんなに焦るほどではないはず。

それに今日に関してはもう、Sランク冒険者に声をかけられたという事実だけで満足だ。調査クエストは最低限の参加報酬だけでも満足できるなと思っていた。

ただ予想外なことに、そのSランク冒険者が同じ依頼のスタート地点にいた。

「へぇ、リントくんもここの依頼、受けたんだね」

下水道の依頼内容は調査。適性ランクはDランクだったはずだ。

何でSランクにもなったビレナがいるのかと疑問が生じる。

「にゃはは。不思議そうな顔してるね」

「そりゃ、Sランクが受けるような依頼じゃないだろ？」

調査依頼はDランク向け依頼。Dランク以下の優先クエストではないとはいえ、地味な仕事になるため、花形であるBランク以上の冒険者が受けることなどほとんどないと思っていた。

「リントくんはSランクがどんな依頼を受けてると思ってたの？」

「そりゃ、危険度Aランクの魔物の討伐とか」

そういう強力な魔物への対応が求められるのではないのだろうか。そのためのランク制度だ。

こんな誰でもできる依頼ではなく、Sランクだからこそ求められる仕事に時間を使うと思っていた。

だが、ビレナは丁寧にこの思い違いを正してくれた。

「うんうん。なるほど。じゃあ、そのAランクの魔物はどうやって見つけられるでしょうか⁉」

「どうやってって……あっ！」

「さすがリントくん！　すぐ気づいたねー」

Sランク冒険者に褒められるのは素直に嬉しいな……。

確かに危険度Aランクの魔物を討伐してほしいなんて依頼、滅多に出るはずがないんだ。

なぜなら依頼を出したいと思った人間がいても、そもそもそう思うような魔物に対面してしまった時点で生き残れる可能性のほうが少ないからだ。

対峙した時点でゲームオーバー。逃げることもままならない。

それが危険度Aランクの魔物だ。だからこそ、危険な生き物なんだ。

依頼が出る頃には被害は甚大なものになっていることが多いはずだった。

「こういうそれっぽい依頼で、事前に危険を察知するのもこれから必要になる力だよ」

「勉強になる……」

「にゃはは。少しずつ覚えていけばいいよ」

なるほど……そうか。

被害が出る前に未然に防ぐという力は、たしかに高ランクの冒険者には必須とも思える力かもしれない。

雲の上過ぎて見えていなかった景色を見せてもらった気がした。

これがSランク……。最上位の冒険者か。

「じゃ、私はちょっと先に行くから、無理しちゃだめだぞー？」

「わかってる。自分にできることをやるよ」

そう言うとあっという間にビレナの姿が消えた。

戦っている姿を見た人間が目で追えなかったと言った、だっただろうか。それもあながち間違いではなかったんだろうなと思ってしまうスピードだった。

実際俺の目には、いつビレナが動き出したかすらわからなかったくらいだからな……。

「俺たちも行くか」

「きゅっ！」

周りを見ればまず、五人組の男女の姿が目にとまる。

調査依頼は意外と求められることが多く、特にサポート職が輝く場として臨時パーティーが組まれやすい傾向があった。

今見たパーティーも、戦闘に強いのは前を歩く戦士だけ。

あとはシーフとして活動してそうなのが複数と、魔術への対応のためか普段なら冒険者をしていなさそうな研究職のような人間までいた。研究の傍らで小遣い稼ぎに来る人間も多いのが、こういった依頼の特徴かもしれない。

「そう考えると、Dランクってのはやっぱ、片手間のやつらと一緒か」

「きゅー」

冒険者でプロと認められるのはCランクから。とはいえDランクだって、平均的な兵士並みの戦闘力はあるはずなんだけどなぁ。

スキルや目的によって都度状況が異なるから何とも言えないが、少なくともソロで活動するならば最低限一般の兵士並みの戦力は必要な要素の一つではあった。

まあ嘆いても仕方ない。と、頭を切り替えた途端ふと気づく。

「ん？」

「きゅ？」

「いや、ビレナがいたってことはだぞ——」

「きゅっ！」

天然の洞窟を土魔法で整備して作った下水道を歩きながら考える。

「ここ、Sランクが対処に来る必要があるような何かがいる可能性が高いってことじゃないのか？」

「きゅー！」

何でやる気を出すんだキュルケ。俺たちがそんな状況に巻き込まれても死ぬだけだろ。

「きゅっ！　きゅっ！」

「そんなことないって？　いや、んー……まぁあのギーランがBランクって聞くと、少しくらいは役に立てそうな気もしてくるけど」

「きゅきゅっ！」

定位置《ポケット》に戻って一休みするキュルケを撫でると満足げに頷いた。

「ま、調査はしっかりやろう。できれば異常の発見報酬も欲しい」

ついでにEランククエスト、フクロネズミの駆除も行いたい。

三匹持っていけば依頼達成。倒すのは全く問題ない。むしろ見つけるほうが大変な相手だった。

下水道の臭いはまだそこまでひどくはない。消臭や衛生系の魔法装置がしっかり機能している証拠だ。

本来の調査クエストというのはこういった機能に異常がないかを確認するもの。調査に参加するだけで最低限の報酬は得られるが、発見した異常の内容に応じて追加報酬が得られるシステムだった。

「お、あれもキュルケの仲間か」

「きゅー！」

「怒るなって。もうスライム扱いはいやか」

「きゅきゅっ！」

下水道といえばスライム。そう言っても過言ではない。

半透明の魔物なので食べているもので色が変わり、森で出会うものが緑なのに対してこちらはほとんど灰色や茶色の汚らしい色をしているのも特徴だ。

だからだろう。仲間扱いはキュルケの癪《しゃく》に障ったようだ。

「あいつらがいるってことはある程度きれいにしてくれてるってことだよな」

下水道の環境はほとんどスライムによって整えられていると言える。人間にとって不要なものはこいつらが処理してくれるのだ。

むしろ俺たちはこの調査のとき、スライムを狙うような魔物の駆除も求められている。

その一つがフクロネズミだが、それ以外にも何種類かいる。

さて、噂をすれば何とやらだな。

「早速お出ましだ！　いけるか？　キュルケ」

「きゅっ！」

当然だと言わんばかりに小さな翼を広げて飛び出していくキュルケ。

「ヂュ⁉」

キュルケの向かう先にいるのは大型のネズミの魔物、グレイラット。目当てのフクロネズミより三回りほど大きかった。

魔物であるスライムを食い荒らしたことで自身が魔力を帯び、各種属性の魔法を扱うようになったネズミだ。魔力を手にした副産物として、フクロネズミをはじめとした通常のネズミとは比較にならないほど巨大な生き物になっている。

繁殖力も強い。こいつらは放置すれば他の魔物の餌にもなってしまい、たちまち下水道内が魔物の巣窟となってしまう。

見つければ即、駆除対象の生き物だった。

「きゅきゅー！」

キュルケの攻撃方法は基本的に体当たり。当たる瞬間に魔力は感じるので何かしらやっているのかもしれないが、よくわからないのでとりあえず敵にまっすぐ飛び込ませていた。

勢いよく飛び込んだキュルケはしっかりグレイラットをとらえたようで、ぶつかられた方は気を失って倒れていた。

魔力を帯びたグレイラットの身体は大きい。一匹が人間の赤ん坊くらいのサイズがあるため、しっかり解体すれば得られる素材もそれなりのものになる。

キュルケが倒したグレイラットにトドメを刺し、皮を剥いで袋に入れる。

肉はキュルケにあげた。

「きゅっきゅっ！」

キュルケがグレイラットの解体された肉に覆いかぶさると、吸い込まれるように肉がキュルケの身体に消えていく。ひと飲みで跡形もなくなっていた。

「きゅー！」

いつも思うんだけど、どうやって食ってるんだろうな？

何回見てもこの辺り、よくわからなかった。

「ま、美味しそうならいいか」

「きゅっきゅっ！」

満足そうなキュルケを撫でる。

自分の身体より大きいいんじゃないかという肉を飲み込んだばかりというのに元気そうだった。

俺なら食べてすぐはそんな元気に動き回れないが、この辺りはさすが魔物といった感じだろうか。

「よし、そしたら俺もやるか」

ちょうどよくこちらへ駆けてくるフクロネズミを見つけたので、今度は自分で狩ることにする。

「消耗品だけどたまには使わないと、いざというとき困るからな」

鞄から取り出したのはスクロール。

ちょうど剣の柄と同じぐらいのサイズの、筒状のアイテムだ。

俺のように魔法を使えない人間でも、限られた回数、スクロールに記された属性の魔法を使えるようにしてくれるマジックアイテムの一つだった。

多少距離のあるフクロネズミだが、魔法なら届く。スクロールを起動して火の魔法を発動させた。

『ファイア！』

「ヂュ⁉」

突然目の前に炎が現れたフクロネズミは驚いて固まっていた。

命中はしなかったが足止めには成功したので、仕留めるために前に出る。しかし俺が到着するより早く一人の冒険者が現れた。

「はっ！」

「ヂュ……」

現れた男が剣を振り抜き、見事にフクロネズミにトドメを刺した。

あとから続々とそれを追いかける冒険者たちが現れる。

「よしっ！　さすがリーダー！　まず一匹だ！」

「やりましたね！　えっと、まずは血抜きと……」

「リーダー！　剣を貸してください。すぐキレイにしないと錆《さ》びついちゃいますから」

パーティーか。手際が良くて羨ましい……。

倒したあとにすぐ解体に入る者と、武器の整備を行う者。その間も常に周囲を警戒する要員もいる。

パーティーはやっぱり、憧れるなぁ……。

一応Sランクの冒険者に誘いは受けているにしても、どうなるかわからないし実感の乏しい俺としては羨ましい限りだった。

そんな視線にフクロネズミにトドメを刺したパーティーリーダーの男が気づいたようで、声をかけてきた。

「あれ？　手に持ってるのはスクロールか……ってことはこれ、横取りしちゃったかな？」

困った顔で頭をかく男。人の良さそうな顔をしていた。

「いや。追いかけてたんだろ？　だったら俺のほうが横から手を出したかもしれない」

「確かに追いかけてたけど、一瞬動きが止まったのは魔法だったのか。申し訳ない」

「いや、こちらこそ……」

冒険者同士の暗黙の了解の中に、獲物を横から奪い取る行為はマナー違反というものがある。こういった不特定多数が集まって行動するクエストでは特に気を使う問題だった。

「僕はカイン。このCランクパーティーのリーダーをしている」

「俺はリントだ。Dランクの冒険者をしてる。よろしくな」

「ああ、よろしく」

パーティーメンバーともそれぞれ作業をしながらも挨拶を交わした。

武器整備はシーフがやっているようだ。解体にあたっているのはヒーラー。最初に追いついてきていま見張りをしている男は武闘家のようだった。リーダーはオーソドックスな剣士なので割とバランスも悪くない良いパーティーだった。

「それにしても……スクロールを実戦で使う冒険者なんて初めて見たよ」

「う……」

実はスクロールに対する冒険者のイメージはあまりいいものではない。

まだ未熟な冒険者が魔法の練習に使うものであったり、ひどい場合には子供のおもちゃであったりするような品物だ。

当然威力は出ないし、回数制限もある上お金もかかるアイテムをわざわざ好き好んで使うやつはほとんどいない。

「うちも魔法使いはいないけど……パーティーでやればスクロール分くらいの働きはできると思うよ？」

相変わらず人の良さそうな顔で悪意なくそう告げるカイン。

キュルケを見た上で言ってるわけだからテイマーへの偏見もなく良いやつなんだろうけど、パーティーを組めずにここまできた俺は苦笑いしかできなくなっていた。

カインのパーティーメンバーの作業が終わったようで、助け舟を出すように話を中断させてくれた。

「リーダー、終わりました」

「こっちもオッケーだ」

「ありがとう」

解体されたフクロネズミはきれいに素材単位にわかれていた。ここまで丁寧にやってあの時間……これなら買取査定はかなりプラスに働くだろうし、いいな……。

「じゃ、これはリントくんに」

「え？」

解体でキレイになったフクロネズミ。その中でも最も素材価値の高い袋部分を含んだ皮を差し出してくるカイン。

「どっちが先かはわからなかったけど、一応こっちがトドメは刺しちゃったから討伐証明はこっち。その代わり、素材はリントくんのってことで」

「ありがとう」

「じゃ、僕たちはもう少し進むけど、ソロは危ないから気をつけて！」

「ああ」

そう言って歩き出すカイン。後を追うように他のメンバーもこちらに頭だけ軽く下げてからついていった。

「さてと……俺たちも頑張るか」

「きゅっ！」

改めてパーティーの良さを感じた。

俺もビレナとああいうパーティーを組めるようになるだろうか。

「きゅきゅー！」

考えごとをしている間にキュルケがフクロネズミを発見して合図をくれた。

「キュルケ、先回りして足止めできるか⁉」

「きゅっ！」

すぐに飛び出していくキュルケ。剣を抜いて追いかけ、挟み撃ちの形をつくった。

「よし！　追い詰めたな」

「きゅっ！」

逃げ場のなくなったフクロネズミの取れる選択肢は、キュルケと俺、弱く見える方にイチかバチかで飛び込むことだけだ。

当然そうなればキュルケの方を選ぶはず……。

「って何でこっちにきたんだよっ⁉」

「きゅー」

妙にドヤ顔のキュルケを眺めながら、飛びかかってきたフクロネズミを返り討ちにして仕留めた。

ちょっと納得がいかない……。

「まあでも、とりあえず一匹だ」

解体に時間をかけていると目標数に到達しない。それどころか俺は時間をかけたってあそこまでキレイに解体はできないわけだから、簡単に討伐証明部分だけ切り取ってキュルケの餌にする。

「きゅぷー」

「何だその鳴き声……」

グレイラットほどではないにしてもまあまあな大きさのものを食べたと思うが相変わらずすぐ元気そうに飛び回っていた。

その後も順調にフクロネズミの討伐を行って目標数に到達した。

「よしっ。今日のノルマはクリアだー」

「きゅー」

キュルケと喜びあい、そろそろ引き返そうとしたところだった。

――ドンッ

「何だ⁉」

下水道の奥から爆発音のようなものが聞こえ、地面が揺れる。

同時に何か、下水道内の雰囲気が一変したのを肌で感じた。

「これは……」

「きゅー」

キュルケも周りを警戒して毛を逆立たせている。

異変があったのはまさに、カインたちが進んでいったほうだった。

「きゅ……」

気を引き締めるキュルケ。

冷静に考えれば、俺ひとりが行ってどうこうなる状況ではないだろう。

調査依頼はこの時点で成立している。このまま引き返しても基本報酬はもらえる。

今感じるこのプレッシャーは、間違いなく引き返すべきレベルのものだ。

冒険者は直感を信じて動くべきだ。この能力如何《いかん》で活躍するか死ぬかが決まるのだから、俺だって
それなりに感覚は研ぎ澄ましてきたはずだ。

その直感が、本能が、この先には進むなと訴えかけてきているのだ。

キュルケと目を合わせる。

「きゅっ！」

覚悟を決めた顔で鳴いた。

きっと俺も同じような顔をしているはずだろう。

「カインたちを助けるぞ」

「きゅー！」

自分の感覚を信じて嫌な気配をたどるように迷路のような地下道を進んでいく。

次第に整備された下水道から離れ、ただの天然の洞窟になってくるが、一応クエストではすべての
エリアが調査対象ではある。

通常なら重要な下水道部分の異変こそ価値が高いのでそこを外れないように動くが、こうなればも
うそんなもの、関係がなかった。

「どんどん気配が濃くなるな……」

「きゅー」

少し不安げにキュルケが応える。軽く撫でてやるとやる気を取り戻したようで、積極的に索敵をす

るために前方に飛び立っていった。

「ここからは慎重に行くぞ」

「きゅ」

万が一好戦的な魔物であれば、見つかった瞬間に俺たちは終わるだろう。

そのくらい、この気配の主は隔絶した力を感じさせた。

そうならないように、どこで出会ってもすぐに逃げられるように準備を整えながら進む。

「道をそれるとこれが面倒だな……」

灯りがない洞窟で動くために光を放つマジックアイテムを使う。

スクロールと同じく消耗品のくせにそこそこ値がはるこいつは、しがないDランクテイマーにとっては馬鹿にならない出費ではあった。

いまはそんなことも言ってはいられない状況なので使うが……。

「よし。行くぞ」

「きゅー！」

次の瞬間だった。目の前でキュルケの姿がブレて消える。魔物の攻撃だ。

「キュルケ⁉」

「きゅきゅー⁉」

吹き飛ばされたように見えたが、それすらもよくわからないスピードだった。

一瞬の気の緩みを突かれた。

キュルケが生きていることだけは伝わってくるが、その状況はわからない……。俺の持ってるポーションで治せる範囲であることを祈った。

当然正体不明の魔物は次に俺を狙ってくるものと思って警戒するが、来ない。別のところに狙いを定めていた。

「くそ……」

あわててキュルケが吹き飛ばされた方向へ走ると――

「はぁ……はぁ……もう……回復が追いつきません」

あれは……。カインのパーティーのヒーラー？

ということは……。

「カイン！」

「リントくん⁉　ここはだめだ。早く逃げてくれ！」

カインの後ろにはすでにシーフと武闘家が横たわっている。よく見えないがカインが守っているということは死んではいないんだろう。

「一体何と……」

戦っているんだと尋ねようとして、ようやく敵の姿を視界に捉えた。同時に一瞬、息が止まった。

「クイーンウルフ⁉」

危険度Bランク、その中でも上位の魔物だ。

こんなところで出会っていい相手じゃない。半壊したCランクパーティーが戦える相手ではなかった。

「僕たちじゃあ時間稼ぎもできない。早く逃げて応援をって……どうして」

俺は倒れていたカインの仲間たちにポーションを飲ませる。ヒーラーは無事のようだが、見る限り唯一戦えるカインへの回復を優先していた。こんなポーションでもないよりましだろう。

「きゅー……」

「キュルケ！」

キュルケの無事は従魔とのつながりでわかる。ふらふらとこちらに戻ってきたキュルケにもポーションを与えた。

「悪い。足手まといが増えて……」

「いいや……こちらこそ巻き込んですまない……」

俺が逃げるわけにいかなかった理由を瞬時に察してくれた。テイマーが従魔をおいて逃げるわけにはいかない。

本当は様子を見て状況によっては応援を呼びに戻ることや、なけなしのスクロールで逃げる隙くらい作れないかと思って来たのだが……。実際には気を抜いて先手を取られた。

こうなるともう、俺もこの場からは逃れられなかった。

「逃げる時間を作る。君だけは逃げて……」

「いや、足の早いシーフを行かせるべきだ」

カインの提案を遮る。

クイーンウルフはこちらを逃すまいとゆったりと俺たちの周囲を歩き回っている。

「次に武闘家の彼をカインが連れて逃げろ」

「だが！」

「全員で生き残るんだ！　俺は人一人抱えて逃げるほどの力はない！」

剣士のカインとテイマーの俺では基礎体力が違うはずだ。ヒーラーの方は自力で動く力は残っている様子だし、俺が時間を稼ぐのが最善だろう。

「二人が起きるまで粘る。逃げ切れるように体力は温存してくれ！」

クイーンウルフが跳ねた！

「くっ⁉」

カインが身構える。

初動が見えれば動きは目で追える。ということは、全く戦えない相手ってわけじゃない。

「キュルケ！」

「きゅー！」

指先でキュルケに指示を出しながら、俺もクイーンウルフに向かって飛び込む。

「なっ⁉」

カインが信じられないという声を出すが、サイズの大きい四足歩行型の魔物はスピードに乗らせるほうが厄介だ。それより早くこちらから仕掛ければ……こうして対抗できる！

「押してる⁉」

クイーンウルフはスピードタイプの魔物。スピードにさえ乗せなければ攻撃はＤランクの俺でも何とか押し返せる。

「そろそろ行くぞ！　キュルケ！」

クイーンウルフの巨大な前腕を何とか弾く。体勢を崩しかけたクイーンウルフの姿を確認し、キュルケに合図を送った。

「ここだ！」

「きゅきゅー！」

キュルケの体当たりが体勢を崩したクイーンウルフの脇腹に入る。

よし！　この状況なら剣が首に届くはずだ！

――だが

「ギュルゥアアアアア」

「くっ⁉」

クイーンウルフが怒りで吠える。その空気を震わせる咆哮に千載一遇のチャンスを逃した。

それどころかこのままではこちらが形勢不利だ。

「仕方ない……目くらましくらいにはなってくれよ⁉　ファイア！」

「ッ⁉」

狼系は炎を苦手とする。スクロールを使うと一瞬だが距離を取ってくれた。

危なかった……。あのままなら一気に畳み掛けられていてもおかしくなかった。

再び距離を取ってカインと並ぶ。

「君は一体……なぜこれほどの力を持っていながらソロで……」

「テイマーと組んでくれる物好き、めったにいないのはわかるだろ？」

「それにしたって……まさか君は上位の冒険者なのか⁉」

「いや、さっき言ったろ？　Dランクだよ」

「でも……危険度Bランクのクイーンウルフ相手に互角以上に……」

そう見えたなら良かったな。

こっちは精一杯なんだけど……。

だがこの状況、生かせるかもしれない。

「実はテイマーは、一対一になればクイーンウルフを止める方法がある」

「そんなものがっ⁉」

もちろんない。が、そんな事はおくびにも出さずに続ける。

「だからカインたちは、できる限り早くこの場を離れることを優先してほしい。念の為上位の冒険者がいれば応援は頼みたいけれど……」

「わかった！　今の戦いを見ればわかる……足手まといは残念だけど僕の方だ……」

カインは敵を知らなかっただけだろう。Cランクのパーティーを率いているんだ。弱いことはない。ただ未知の相手とは安全に戦えないというだけだ。より魔物のことを知っている俺は強みが出しやすかっただけだと思う。

いまはそんなことより早くこの場を離れてもらったほうがいい。

全員で死ぬくらいなら、俺が彼らを逃がす時間を作れたと言ってもらえるほうが気持ちが良い。

「もちろん死んでやる気はないけどな！　行くぞキュルケ！」

「きゅー！」

カインの切り替えは非常に早かった。

すでにヒーラーはシーフに回復を注いでいたようで、動き出せるようになったシーフはすぐにこの場を離脱する。

「グルゥアアアアアア！」

この場を離れようとする餌に怒りを露わにするクイーンウルフだが――

「行かせない！」

「きゅー！」

クイーンウルフの出鼻をくじくように、剣を、炎を、そしてキュルケの一撃をお見舞いしていく。

「よし」

武闘家の男を背中にくくりつけたカインが立ち上がる。

「すぐに応援は向かわせるから！　死なないで……！」

「ああ！」

カインとともにヒーラーも立ち上がる。

「ホーリープロテクト！」

「おお……！」

「こんなことしかできませんが……どうかご武運を！」

俺の防御力を一時的に上げる強化《バフ》をかけてから、ヒーラーもカインとともに立ち去る。

獲物を逃すまいとクイーンウルフの注意が逸れたタイミングで頭部を狙って剣を叩きつける。

「ギュアアアアアア」

「くっ!?　硬い……！」

器用に牙で剣を弾かれ、また距離が開いた。

完全にカインたちがクイーンウルフの射程外に消えたことを確認し、改めて対峙する。

「さて、選択を間違えたら、死ぬな……」

「きゅきゅっ」

気を引き締め直す。俺の実力では当然、クイーンウルフを相手にテイムなどできるはずもない。

そして、手持ちの手札で相手を倒すこともまた、不可能だった。体力勝負になればこちらが明らかに不利だ。

「となるともう、どうにかして時間を稼いで逃げるしかないな……」

持っているマジックアイテムを頭の中で確認する。

ファイア程度で動きを止めることは、クイーンウルフの知能を考えるともう期待できない。

こうなると他の手立てということになるが……。

「こんなことならもう少し色々買っておくべきだったか……？」

いや、嘆いても仕方ない。今の手持ちは火属性のスクロールがいくつか。

これをつないで、何とか逃げる時間を稼ぐしかない。

「行くぞ……キュルケ」

「きゅきゅ！」

クイーンウルフは、こちらの様子を慎重に窺うようにじっとしている。

だがいつまでもその膠着《こうちゃく》状態が続くとは思えない。まっすぐ逃げても百パーセント追いつかれる。

「なら、打てる手をうつしかない！」

未だ動かないクイーンウルフへ向け、スクロールを駆使してファイアーボールを撃ち込んだ。

これまでのファイアよりも大きな魔法。ファイアと違って一発でスクロールがだめになるが仕方ない。

そしてこれが意外なことに、相手にとっては思わぬ反撃だったらしい。身を翻《ひるがえ》してその攻撃を避けると、距離を取ってまた静止した。これまでで最も距離が開いた瞬間だった。

「よし！」

その隙に畳み掛けるようにさらにファイアーボールをお見舞いする。

持っているスクロール全てを起動させ、出来得《う》る限りクイーンウルフがこちらへ近づかないよう炎を壁のように浴びせて退却を開始した。

ファイアーボールで稼いだ距離。その距離が、この炎の壁で保たれている間に何とか逃げ切ることができれば俺の勝ち。

これはそういう勝負だった。

だが——

「嘘だろ……」

クイーンウルフは、すでに炎の壁を乗り越えて目の前に迫りきていた。

「ごめんな、キュルケ」

最後に浮かんだ言葉は、キュルケへの謝罪だった。こんなことに巻き込まれていなければ、もっと長生きできたかもしれない……。

恨まれてもおかしくないというのに、最後の瞬間、キュルケは俺を守るようにクイーンウルフとの間に立って俺をかばってくれていた。だがそんな程度では、当然ながら危険度Bランクの上位の魔物の攻撃が凌《しの》げないことは、俺もキュルケもよく理解している。

静かに、全てを受け入れ、目をつむって終わりの時を待った。

だがその終わりの時は、一向に訪れることはなかった。

「何……で？」

「にゃはは。遅くなっちゃってごめんね！」

俺を守ろうと立ちふさがったキュルケのさらに前に、救世主が現れていた。

Sランク冒険者、ビレナ。

飛び込んできた一撃でクイーンウルフを吹き飛ばすと、体勢を立て直すまでもなく接近し、その勢いのままに首をへし折る。

すごい……。俺たちじゃどうすることもできなかった相手が瞬殺……。

「これが……Sランク冒険者……」

一通りの流れを見て、全身の力が抜けるのを感じた。

「良かったぁ。怪我は……ないね。ほんとに良かったぁ」

そういって朗らかに笑うビレナ。俺の無事を確認するとふにゃっと笑ってくれていた。

死を覚悟したところで女の子に助けてもらうなんて、どうにも立ち位置が逆な気もするが、まあ良かった。本当に、良かった。

「助かった……」

「うん！　そこでシーフの子に会ってね。すごい形相で助けてくれって」

「ああ……」

最高の援軍を送ってくれたようだ。

「まさか調査依頼で命がけになるとは思わなかったよ……」

「そうだね……でもね、どんなクエストでも、絶対の安全はない……それが冒険者だからね」

それだけ言うとビレナはクイーンウルフの解体に向かった。

捌きがいのありそうな巨体をスルスルと解体していくビレナ。慣れた手付きだった。

「これはリントくんのだね」

「え？」

何故か渡されたクイーンウルフの牙を見る。

「リントくんが見つけて、リントくんが逃げずに立ち向かった証」

「それは……」

そうかもしれないが……。だが、ビレナがいなければ俺は死んでいただろう。

それを考えれば当然、これはビレナの取り分のはずだ。あっさり受け取るのはためらわれる。

何より狼系の魔物の討伐証明部位が牙だ。これでは俺が危険度Bランクの魔物を討伐したことにもなってしまうはずだった。

「まあまあ。お守り代わりに持っときなよ」

返せる雰囲気でもないので仕方なく手持ちの袋にそれを入れた。

クイーンウルフの牙は超高級品だ。俺がこれまで地道に稼いできたトータルの金額の優に数倍になるだろう。

そうだな……今の暮らしで言えばおそらく、十年くらいは何もしなくても、不自由なく暮らせるくらいの価値があった。

「それにしても本当に面白いよね。リントくんも、その子も」

キュルケを指してビレナが言う。

「面白い、か……」

「そうそう！　面白い子だよね！　やっぱり私の目に狂いはなかったよ」

「きゅっ！」

何故か誇らしげに胸を張るキュルケ。

「にゃはは。あんまわかってない顔してるなー？」

「まぁ……」

「君が普通のテイマーとは違うことはよくわかったし、君と長く一緒にいた子がどれだけ強くなるかもわかった」

俺はあんまりわかっていなかった。

「と、いうわけで！　今回のことは一件落着！　お疲れ様、リントくん」

「そうなのか」

改めて、全身の力が抜けた。良かった。助かったんだな……。

「ギルドの報告は明日にして一緒に行こっか！」

「え、明日でいいのか？」

これだけのことがあったのに報告は？　と思ったが、すでにビレナは出会ったシーフに報告を依頼したらしい。俺にとっては大事件だったクイーンウルフとの戦いも、Sランク冒険者が駆けつけたとなれば収束前提で話が進むようだ。

ビレナがすぐに報告に行くとすれば、俺が死体で発見された時だけだと笑って言っていた。

ただ納品物はなるべく早くギルドに納品したい。なぜならいつまでも自分で持っていると横取りされるからだ。

地元フレーメルでは低ランクの冒険者、ましてやテイマーなど、搾取されるだけの存在だった。

「にゃはは。一人でギルド帰るのと、私と一緒にいるの、どっちがいい？」

「あー……」

流石にSランク冒険者と一緒にいて挑んでくるやつはいないだろう。

ビレナの言葉でどこよりも安全な場所がここだと気づく。

「じゃ、行こっか？」

「ああ」

そのままビレナと一緒に本来の待ち合わせ場所であった店に向かうことになった。

下水道を抜け、途中までは冒険者ギルドの方へ向かう道と一緒だった。目的地はそこからそう遠くないところにある。

大通りを抜けて、小道を挟んだ先に出ると、見るからに豪華な宿が現れた。宿に併設された格式高い飲食店がゴールだった。入るのをためらっていると、ビレナが首を傾げる。

「何してるの？」

「いや、場違い過ぎない……？」

見るからに高そうなお店。中にいる人たちもみんな豪華そうな服を着ている。何か変なマナーとかないのだろうか。

「ほらほら早く！」

「お、おお……いや歩くから！　引っ張らないでくれ⁉」

ビレナに手を引かれる形で店に入った。

「いらっしゃいませ。お待ちしておりました。ビレナ様」

「いつものとこで。今日はちょっと豪華にしちゃって！」

「かしこまりました」

何かめちゃくちゃ身なりの良い人がすごく低姿勢で接してくる。落ち着かない。

だがビレナの方は通常運行なもので、通された半個室のような席でさっそくキュルケを捕まえてはしゃいでいた。

「この子が君の子かー。改めてよろしくね！」

「ああ。名前はキュルケだ」

「ふふ、キュルケちゃんだね！　可愛い」

「きゅー」

ビレナがキュルケを撫で回しはじめる。

特に嫌がる素振りもなくされるがままのキュルケが可愛らしかった。

「んー、やっぱり」

「ん？」

キュルケをひとしきり撫で回すと、なぜか納得したように頷いてこちらを見る。

「多分だけどリントくん、テイムだけじゃない特別なスキルがあるよ」

「え……？」

「魔物の『進化』は聞いたことあるし、私も実際に見てきたけど、スライムがこんなになるなんて初めて見たもん」

「そうなの……か？」

俺にとっては当たり前というか、他を知らないので普通だと思っていたキュルケの姿だが、Sランクまで上り詰めた人間が言うなら普通ではないのかもしれない。

何が普通じゃないのかはいまいちわからないが。

「その辺りはま、今度知り合いの鑑定士に見てもらうとして」

さらりと言うが「鑑定」は普通、安い家か馬車が買えるほどの金額が必要だ。

いや金銭感覚が違うんだろうな……。

今日のこの店も、高級宿に併設された格式高い料理店。メニューに金額すら書いていない。怖すぎる……。

奢《おご》りというので遠慮するつもりはないけど。いやそもそも何かメニューもお任せっぽいし遠慮する事も出来ないんだが……。

「で、提案なんだけどね」

「んむ？」

すでに運ばれていた料理を頬張りながら答える。

うますぎる。生まれてからこんなにしっかりした料理を食べたのは初めてだった。マナーだ何だの話はもう忘れた。

「あはは……そんな勢いよく食べなくてもまたいつでも食べられるよ？」

呆れて笑うビレナ。見た目だけなら年下にしか見えない美少女ではある。

だが貰えるもんは貰う。その日を生きるのに必死な冒険者に遠慮などする余裕ないのだ。

「で、提案ってのは？」

「そうだそうだ。あのさ、私のことテイムしない？」

「は……？」

思わず食べていた肉の塊を口からこぼしてしまう。もったいないのですぐに拾って食べる。

食べながら考える。亜人をテイムなんて聞いたことも考えたこともなかった。そんなことできるのか……？

いやそもそもだ。テイムは基本的にテイマーと従魔の間でお互いに利益があるから成り立つ関係。仮に俺がビレナをテイムできるとして、そもそも意思の疎通が図れる亜人相手にやる意味があるのだろうか……？

「……ちなみに理由を聞かせてもらってもいいか？」

「んー、キュルケちゃんを見て、私ももっと強くなれるかなって」

強く、か……。

だが……。

「テイムはそんな万能じゃ……いやそもそもテイムは、人相手には使えないだろ？」

「試したこと、ないでしょ？」

確かに試したことはない。というか、人格を持つ相手にテイムをやろうとも、やられてみようとも思わないのだ。普通の人間なら。

「それは……ないけど。でも仮にテイムできたとして、ビレナはそれでいいのか？」

「んー？　別に奴隷契約ってわけじゃないし。絶対逆らえないってわけじゃないんでしょ？　それに私からテイムをお願いしてるんだし問題はないよね？」

「それは……そうなのか？」

軽い感じで言われたがどうなんだろう。確かにテイムと奴隷契約は違うとはいえ、大丈夫なのだろうか。ビレナが自らテイムを望んでいるから問題はない……と言えばないのか？

「ただ、テイムされたら俺の言うことに対して抵抗する意思は削がれるはずだし、テイムされていい気持ちはしないと思うけど……」

抵抗する意思が削がれるって結構やばいよな……？

ある意味、闇魔法の『洗脳』と同じなんじゃないだろうか。

あれは相手の意思を完全に奪う、禁術として管理される類の魔法だ。ただビレナはそういった懸念をひっくるめて、俺にテイムしろと提案してきたらしい。

その事がよく表れた言葉が突然発せられた。

「あ、エッチなことくらいはされちゃうか！　まあでもいいよ？」

「ブフッ」

そんな軽く⁉

思わず飲んでたものを吹き出した。

「あはは～。その反応、童貞だな～？」

「うるさい」

むしろそういう対象になるような相手がいるようなところで生活してなかったんだ！　仕方ないだろ！　俺の性活はこれから始まるんだ……！

「いいよいいよ。見た目はこんなだけど、人間と比べればそれなりに歳も重ねてるし、そんな夢見る乙女ってわけじゃないからさ」

そうは言うが本人が言う通り見た目は完全に美少女だ。

まぁSランクまで上り詰めた獣人ということであれば、見た目など飾りにもならないんだが……。

成長速度も寿命も異なるためよくわからないが、百を超えていたって不思議ではない。もう年齢なんかどうでもいいんだ。可愛い、ただそれだけで正義だ。

ただまぁ、そんな欲望に素直になれるわけもないので尻込みする。

「いや……でも……」

その言葉を受け、イタズラな笑みを浮かべたビレナがこちらへ身を乗り出して耳元でささやく。

「したく、ない？」

「します」

尻込みは一瞬で終わった。よし、話はまとまった。

いや待て。ほんとに大丈夫か？

「じゃ、ここから先は上で、ね？」

突然妖艶《ようえん》な笑みで手を差し出すビレナに戸惑う。

え？　ほんとにいいのか？　上行ったら怖いお兄さんとか……いやそれはないか。そうしたいなら最初からビレナがそうしている。

「それとも私は好みじゃないかな？」

そう言いながらすでに開放的な胸元を引っ張り見せつけるように前屈みになる。

見えそうで見えない！　もうちょっとなのに！　でも大きくて柔らかそうな胸がビレナの腕の間でむにむにと動いているだけで刺激が強かった。

「――っ」

つばを飲む。

「にゃはは。そこは心配ないみたいで安心したよー。ほら、行こ？」

「はい」

「あ、そうだ」

「ん？」

疑問に感じる間もなくビレナがまた胸元に手をかける。

そして、

——ぷるん

そんな音が聞こえた気さえした。

「え……？」

思ったより大きい。綺麗な形してる。何かわからないけどすごい。ぷっくりしたピンクも綺麗。動くたび揺れる。いやここ店の中だよな？　待った。いや待てない。いや何を考えてるんだ俺は。

とにかく、半分個室になっているとはいえ、他の人から全く見えないわけではないこの状況でおっぱいを丸出しにするという信じられない事態に思考が追いつかなくなっていた。

「スリリングでいいでしょ？」

「それは……」

「で、どう？　私のおっぱい」

ジャケットで横からは隠れているとはいえ、正面で見ている俺からは丸出しだ。

それをわざわざ寄せて強調されるともはやどうしていいかもわからなくなってしまった。

「いい……です」

「にゃはは！　可愛いなぁ。ほら、行こ！」

サッと俺の腕をとって宿の部屋に連れて行くビレナ。移動する時にはいつの間にか胸元の服は戻っていた。

ただ一度見たからわかる。服の上から二つの突起がその存在をアピールしてきていることが。

幸いなことに、部屋に着くまで誰にも見つかることはなかったが、こちらが気が気ではなかった。

◇

「よーし、じゃ、先にもらっちゃうね？」

「へ？」

部屋の扉を閉めた途端下半身に刺激が襲いかかった。

「いただきまーす」

「――っ⁉」

ジュルルッと音がしたかと思ったら、俺の分身を咥えてジュポジュポと音をたてながら舐めるビレナがいた。

目にも留まらぬスピードだった。流石『瞬光のビレナ』だ。

「どう？」

銀色の糸を引きながら口を離したビレナが上目遣いで聞いてくる。もうそれだけで興奮してしまうくらい魅力的な姿だった。

「ふふ……良さそうだね。このまま一回、イっちゃおっか？」

「うぇっ⁉」

ビレナに濡らされたそれを、すごい速度でしごかれる。

「待って⁉」

「にゃはは｜、可愛いなぁ」

そう言って手を緩めてくれるビレナ。強烈すぎた。良かった。

あのままだとあと二秒も持たなかったと思う。

「油断したね？」

「ふぇ⁉」

こちらの気が抜けたところで容赦なく再開された。

これまでのスピードをさらに超えて。

「いや、待って⁉」

十分濡らされてるから全く痛くない。体験したこともない高速の刺激がダイレクトにクる。

これはまずいぞ⁉　何かおかしくなる！

「ふふ……おかしくなっちゃえ」

耳元に息を吹きかけられながら呆気なく俺の息子は果ててしまった……。

こんな気持ちいいこと、経験したことなかった。

「可愛いーなー」

「くっ……」

敗北感がすごい。

「ふふ。じゃあ次はこっちだね」

そのまま手を引かれてベッドに連れ込まれる。このままビレナにペースを握られっぱなしでいいのか？

だめだ。俺がビレナをテイムするというならなおさらだ。

奴隷関係ではないが一応主従関係はある、と思う、思いたい。いやそんなことよりやられっぱなしが嫌だ。

「どうする？」

「テイムをしよう」

「あ、その覚悟は決まったんだねー」

このまま終わるわけにはいかない。

いまの手札で一番良いのはこれのはずだ。

「ふふ。どうすればいいかな？」

ベッドに寝転び誘うようにこちらを見上げるビレナ。誘うように、というか間違いなく誘っている。

思わず誘いに乗ってしまいそうになる気持ちをぐっと堪《こら》えて、テイムの手順を頭に思い描く。

「俺がテイムのスキルを使ったら、多分頭に色々流れ込んでくると思う」

「うんうん」

魔物との契約で必要なのは相手が望むものを満たすこと。獣人であるビレナが相手でもそれは変わらない。

互いの求めるものを提供し合うことで契約にこぎつけるのがテイマーだ。

魔獣を従えるのであればほとんどの場合、こちらからは餌を渡しておけば問題がない。「食」が一番の要求だからだ。逆にこちらから相手に要求するものは、戦闘力や運搬能力といった労働力になる。

これが最もシンプルなやり方だった。

だが、相手の知能が高くなればなるほどその要求は複雑で難易度が上がっていく傾向がある。それが人や亜人ともなればどれだけ複雑なものになるかは想像がつかないんだが……。

今回に限っては相手のビレナが乗り気だからまあ、問題ないだろう。

『テイム！』

相手の望むものも、こちらの要求も、一度全て俺が考えてビレナへ提示する。

内容を頭に思い描いてビレナへ手を差し出しスキルを使う。今ビレナの頭には俺のイメージが共有されているはずだった。

「こんなことができるんだね。テイマーって」

「さあ？　多分？」

どうやら条件の提示はうまくいったらしい。あとは受けるかどうか、場合によっては内容の変更を同じようにイメージしてもらえばこちらにそれが流れてくるんだが……。

「ふふ。ま、いいよ」

伸ばした手を通して、こちらからの提案に対するビレナの承諾を感じ取る。

この条件、テイマー側は少し特殊なことができるのを利用してみたわけだが、うまくいったらしい。

「おおー……これがテイムかぁ」

「いけたか」

「ふふ。すごいねぇテイマー。いや、リントくんがすごいのかな？」

契約の条件。

俺がビレナに望んだものはいつもどおり、『戦力および労働力の提供』。

逆にビレナに俺が提供するものとして提案したのは、『行為における感度を高めること』。

キュルケと契約したときに求められたものに『成長』に関わる要素があったのを思い出した。あのときはよくわからずに契約したんだが、テイマーは従魔が望むなら、その身体に何かしらの変化を促すことが可能であるらしい。

ビレナの心のさらに奥底に、好奇心やらこういう行為への興味が強く現れていることはテイムの過程で感じ取れている。

だから、それを条件にした。ビレナ相手ならいけるという予感があってやってみたのだが、実際にうまくいったようだ。

結果……。

「にゃはは……これは……ん……初めての体験だねぇ」

「お？　効いてる？」

「多分……？　んにゃっ⁉　ちょ、ちょっとタンマ！　今はだめ、かもっ……んぅっ⁉」

ビレナの無防備なあそこに手を伸ばすと、先程までとまるで違う反応を見せてきた。

楽しいなこれ。

「んっ⁉　だめ！　ねえリントくん⁉」

「俺のときは聞かなかったのに……？」

「にゃ……だめっ。んあぁぁぁあああああ」

「おっ」

手応えあり！　いいぞ！

このペースで……あれ？

「にゃ……」

「え？」

何で天井が見えてるんだろう……。

あ、ベッドに寝かされたのか！　いつの間に⁉

「覚悟、できてる？」

「え？」

ビレナの顔が怖い。

「搾り取ってあげるから」

「待って？」

「ふふ……だめ」

トロンとした目からは想像もつかないスピードで俺の上で動き出すビレナ。

もはや誰の何かわからない液体がグチャグチャ音を立て俺ごとベッドをびしょびしょに濡らしていく。

「待った限界だから⁉」

「だめだめ。んっ……あは……きもちい……んっ……」

まずい！　反撃のつもりだったのにスイッチを入れてしまったらしい。

頭がボーッとする。

「ふふ……気を失っても、逃がしてあげないからね？」

かろうじて覚えてるのは潤んだ目で俺の唇を奪おうとするビレナの姿だけだった。

◇

結論から言えば俺は搾り取られ、気を失い、数十分後に目を覚ますという完敗を喫した。

ただまあ、当初の目的は達成できたから良いとしよう。

獣人であるビレナのテイムに成功し、俺もせいこうした。

「すごい……力がみなぎってくるよ。これがリントくんの特別なスキルかー」

「俺はもう、全部吸い取られた気分だけどな……」

指一本動かせないとはまさにこのことだ。

いまはどこを触られても身体が変になるから足を触るのをやめてほしい。

「にゃはは……修行が足りないな」

「修行で何とかなるんですか……師匠」

もうこれに関しては鍛えるしかないと思った。

冒険者の活動と違って頑張って追いつきたいと本気で思える。

Sランク冒険者はベッドの上でも高ランク……せめて昼に足手まといになるなら夜くらいはと思う

が、なかなか先の長い話になるかもしれなかった。

「にゃはは。稽古つけてもらう気満々だ！　いいよいいよ、毎日しようね」

幸い師匠はノリノリで助かる。

頑張ろう……死なない程度に。

「さて、真面目な話に戻るけど」

「とりあえず服を着てください」

「照れちゃってー」

身長こそ小柄なものの出るとこはちゃんと出てるし獣人可愛いしこの子は耳と尻尾以外ほぼ人間だし混乱する。

それが裸で目の前にいるんだ。いくら搾り取られたとはいえ息子の反応は抑えられない。

俺の指摘を受けて適当に服を直して座り直すビレナ。

だがそれは逆効果だった。

「で、本題だけど」

まだ色々見えそうで見えない。知ってるかビレナ？　男ってそれが一番興奮するんだぞ？

「にゃ？　何か元気になっちゃったね？」

もう話になんか全然集中できない。

というかほとんどおっぱいは見えてる！

さっきまで見えてたからその先までばっちり頭の中に思い描けてしまう。

だめだこれ……。完全にその気になってしまった。

「ほーんと、若いねえ、リントくん」

その声を皮切りに、再びビレナが服を脱ぎだす。

俺の意思にかかわらず、息子の準備はもう万端だ。

「おいで？」

ベッドに倒れ込んだビレナが足を広げて誘ってくる。

俺が気絶している間に後始末したのか、さっきまでの行為のあとはきれいになっているはずなのに、広げたあそこはもう濡れて糸を引いていた。

その姿だけでごくりとつばを飲むくらい、ビレナは可愛くて綺麗で、端的に言えばエロかった。

「そんなに見られるとちょっと恥ずかしいにゃあ」

「思ってないだろそんなこと」

お互い前戯などいらないのですぐに一つになる。

絡みつくビレナの膣内《なか》にまたイかされそうになるが、流石にもうこれだけ搾り取られたあとなので
こちらも多少余裕を持って迎えられた。

「お？　頑張るね」

「さっきちょっとわかったんだけどさ？」

「んー？　どうしたのか……にゃっ⁉」

「ここ、弱いよな？」

ビレナの表情にやっと余裕がなくなった。

「んっ⁉　ちょっと……リントくん、休憩にしない？」

「だめ」

「んぁっ！　だめ……んっ……ちょっと！　ほんとにだめ！」

「んー？」

もちろんやめるつもりはない。

しっかり狙って動きをつけていくと、どんどんビレナに余裕がなくなる。

「にゃぁっ……ん……あっ……だめ……ほんとにぃっ……んっ」

「だめなの？」

「だめ……」

一瞬だけ動きを止める。

それだけでビレナがうるんだ目で抱きついてきた。そのまま腕に縋り付いて懇願し始める。

「何で……やめちゃ……」

このタイミングを待っていた。

「ひゃぁっ⁉　んっ……あっ……ほんとに……んっ……あっあぁぁっ」

油断したところで攻めればビレナだって堕《お》ちるはずだ！

俺も限界が近いけどなんとか頑張れる。

「あぁぁぁあぁぁああああああ」

「よし……」

イカせた。ビレナがベッドでビクビクしながらだらしない表情で倒れ込む。

だが、そこでやめない。

「ひゃっ⁉　ちょっと！　リントくん⁉　私もうイった……んっ！」

「俺がイッてないよ？」

「そんな……あっ……んぁっ……あぁっ……だめ……もう……」

「もうちょっと頑張って？」

「んぅっ……あっ……あぁっ！　あっ！　あっぁぁぁっあああぁぁあああっ」

「俺も、イく」

「ん……もうっ……あっ……あ……ん！　あぁぁぁぁぁぁぁあああああああ」

ビレナの二回目の絶頂に合わせて、俺も何度目かわからない快楽に身を任せた。

「にゃはは……やるなぁ。リントくん……」

「これに懲《こ》りたら服はちゃんと着てくれ」

「はーい……よいしょっと」

お互いの身体をきれいにしていく。

その過程で裸のビレナを何度も見ることになるが、そこはグッと堪えた。

ようやくまともな服に戻ってくれたビレナと話を再開する。

さすがに精も根も尽き果てるまで搾り取られたと思う。なぜかビレナは前より元気になってるが……。

最後攻めてたの俺だよな……？　あれ？

「にゃはは。まだまだだねぇ。リントくん」

「あんなに気持ち良さそうにしてたくせに！」

「まあまあ」

軽く受け流される。俺もこれ以上深掘りしてもいいことはないので渋々引き下がった。

「それでね？　確信を持ったんだけど、リントくんのテイムは普通じゃないよやっぱり！」

「普通じゃない？」

どういうことだろうか。

テイムは契約の魔法だ。傍から見ればテイマー側が一方的に協力を求める形に見えるが、信頼構築のために例えば食い物を要求されたり、魔力を要求されたりといろいろ条件に折り合いをつけて魔物との間に契約を交わし、協力を得るのがこの力。

確かにビレナと交わした条件は少し特殊ではあるが、それのことだろうか？

「まずね、信頼が軸になってるテイマーって、数えるほどしかいないんだよ」

「そうなのか……？」

俺のテイムは文献から見様見真似でやったものなので参考にした師匠もいない。

他に現役のテイマーも近くにいたわけじゃないから参考にもできなかったくらいだ。独学ゆえに普通がわからない。

ビレナにそれを告げるとこんな答えが返ってきた。

「普通のテイマーは奴隷契約の延長で考えてるのがほとんど。魔物は使い潰すし、絶対に反抗させないように押さえつけるほうが多い」

「それは……」

そういうものらしい。

他のテイマーをよく知らないから何とも言えないが、それでは従魔との信頼は得られず、力も半減させるだろう。

押さえつけてもいいことはないし、押さえつけられるくらいの相手ならテイムしても知れているのだから。

「多分ね、リントくんはその文献に出てきたテイマーを参考にしたから……本ってほら、言っちゃえば理想が詰め込まれてて。実際に今ドラゴンテイマーなんていないからさ」

「えっ」

嘘だろ……？

じゃあ王国の誇る竜騎士団って何なんだ？

テイマーってゆくゆくはああいう輝かしい仕事もできるんじゃないのか……？

そのことをビレナに告げるとこう答えられた。

「あれはもう、馬や牛と同じで、調教方法が確立されてるから。特に契約してるわけじゃないんだよ」

「そんな……」

将来は竜でもテイムして楽をしながらかっこよく戦う姿を想像していたというのに。

「そもそも竜騎士は竜なしでも相当強いからね」

「それはそれ、これはこれだ」

「にゃはは。まぁリントくんならすぐ竜も従えるようになるよ」

サラッと言うがそんなことはないだろう。

Sランク冒険者とこうして話ができているだけでふわふわしてくるような人間が竜を従えるなんてな。

「ま、とにかくリントくんのテイムは他と違ってちょっと特殊なんだよ。だから、契約を終えたつもりのこの子だって付いてきてる」

「きゅっ！」

「ちなみにそれ以降、テイムしたことなかったでしょ？」

「よくわかったな……」

基本的なテイムの手順は基本的に、相手に反抗する気持ちが芽生えないくらい力の差を見せつけてから手を差し伸べるように契約にうつるというものだという。

もしくは今回のように特殊な条件で契約を交わす必要がある。

俺の力でそこまで差をつけて倒せるのはスライムくらいだったし、特殊な魔物に出会う機会もなかった。

キュルケに関しては特殊なパターンだった。

特段戦うこともなく、お互いに合意に至って契約したからな。

戦って力の差を示すという通常の手順すら必要なかったわけだ。

それでまぁ、こうしてテイムした使い魔は触れ合うとこんなに可愛いときた。

それ以降わざわざ力の差を見せつける……わかりやすく言うと相手をボコボコにするようなテイムはできなかったというわけだった。

「きゅきゅー」

「何で誇らしげなんだ……？」

キュルケと出会って以降、こうしてDランクになるまでコツコツ冒険者を続けてきたが、テイムしたいと思えるような魔物に出会うことはなかった。

出来るか出来ないかだけで言えば、多分できる相手もいる。

ただスライムを増やしても仕方ないし、ゴブリンを従えてもちょっと街に出入りしづらくなる。狼型の魔物や鳥型の魔物といった比較的受け入れられやすいやつらは、俺にとっては危険度が高くて手が出せなかった。

そんなこんなで結局こいつ《キュルケ》以外を従えることもないまま王都にたどり着いたわけだった。

「まあいまやリントくんはSランクの獣人すらテイムできるようになった最強テイマーくんなんだけどさ」

最強テイマーか……。

むしろ獣人をテイムするとか……取り締まるルールも法もないからいいが、何というかこう……脱・法テイマー感がある。

そういえば最強のテイマーって他の冒険者に交ぜ込むとどのくらいの地位にいるんだろうか？

ほんとに俺が最強ならDランクということになってしまうからやめてあげてほしい。そんなわけはないと思うんだが……。

「ま、それはそうとして、すごいのはそれだけじゃなくてさ」

亜人をテイムしているという時点ですごいではなくやばいやつではある。

ちなみにテイムされていてもビレナにあれ以外の大きな変化はない。

強いて言えば俺から何かされることに抵抗感がなくなったということらしいが、テイム前からあの発言が飛び出すし、そもそもいきなり俺を襲うようなエッチなお姉さんなのでその辺りの変化は全く感じ取れなかった。

「さっき力がみなぎるって言ったでしょ？」

「あれってエッチな意味じゃなく？」

「そういう意味もあるけど……あのね？　多分ステータスが上がってるの」

「え……？」

ステータスは冒険者のような戦闘職のためのおおよその強さを測る指標。

高ランカーは自分の調子を測るために高額な依頼料を払い、鑑定士などに依頼して記録しているらしかった。

当然俺は計測すらしたこともないが、大したものにならないことは胸を張って言い切れた。

いいんだ……テイマーにステータスなんて飾りだ。そのはずだ……。

「私ね、自分のステータスならある程度鑑定できるんだけど」

「え？」

「多分全体的に倍以上の力になってると思う」

「は……？」

Sランク冒険者のステータスが二倍になるってそれもうランクどうなるんだ？　何だそれ……？

というかサラッと言ったけど、鑑定スキルまで持ってるのか？　ビレナ。

「にゃはは。私もびっくり。でもこれ、リントくんにテイムされてるからだって確信が持てる」

「そんなバカな……」

「あと多分、キュルケちゃんの変化の理由もわかったよ。この力、うまく使えば『存在進化』どころか、ある程度望んだ力に変換できる」

「嘘じゃん……」

そんな馬鹿げた話が……。

「ほら」

「えええええ⁉」

ビレナの額から二本の角が生えていた。

瞳孔が細くなり、髪も少し逆だったことで、全体的にパワーアップした印象を与えていた。いや印象だけではないだろう。放つオーラの質が変わっている。

言うなれば「テイムブースト」状態といったところか。

「角付きの魔獣が他の魔獣の三倍くらいの力になるのは知ってると思うけど」

「三倍⁉」

「うん。あれ？　知らなかった？」

角付きとそうでないのとで差がでることは知っていたが、そこまでの差とは知らなかった。

「ということで、ビレナ！　三倍です！」

ヒュンっと振るった拳に風が乗って――

――パリィィィン

何の罪もない魔法灯が一つ音を立てて壊れた。

めちゃくちゃ高そうだけど大丈夫なんだろうか……。

「嘘……」

これに驚いたのはビレナの方だった。

ただ俺の心配とはまるで違う方向への驚きだが。

「ずっと修行してきたけど一向にできなかった『衝撃波』が、こんなあっさり……」

ビレナの興味はもうすっかりそちらに寄っているらしい。

「すごい！　すごいよ！　リントくん！」

こっちは壊れた備品が高そうすぎて気が気じゃないというのに。

テンションの上がったビレナに押し倒されるように抱きしめられる。

「おいおいちょっと」

「やったよー！　リントくん！」

「それはいいけど何で下半身に手を……」

「えへへぇ……気持ちが高まっちゃって……」

「この淫乱従魔！」

「褒め言葉だにゃー！」

そのままなだれ込むように襲われた。

意外といけるもんだなと思った。

第二章 新たな力

次の日、ビレナと二人で冒険者ギルドへやってきた。

改めてパーティーを組むためと、昨日の依頼の報告のために。

「パーティー申請をします」

「あの……本当によろしいんですか？」

「もちろん」

受付嬢に怪訝《けげん》な顔をされるし、ギルド中からも嫌な視線を受けながら申請手続きをすすめるのは非常に居心地が悪かった。

もちろんビレナはそんなもの気にする様子もなくテキパキ必要な用紙を埋めていっていたが。

俺もそれにならってなるべく気にしないようにして、何とか書き終えた紙を提出した。

「たしかに受け取りました……が、本当によろしいのですね？」

ビレナにだけ受付嬢の心配が向けられる。

まぁそりゃそうだよな。Sランクになったと思ったらDランクのテイマーとパーティー申請とか、何事だと俺も思う。

そこに数少ない王都の知り合いが声をかけてきた。

「リントくん！　無事だったのか！」

「カイン！」

後ろにパーティーメンバーもいる。パッと見て大きな怪我はないようだった。良かった。

「あっ！　昨日の子たちかー！」

「ビレナさん！　ありがとうございました！」

パーティーメンバーの一人であるシーフがビレナを見て頭を下げる。合わせて他のメンバーも慌てたように頭を下げた。

「にゃはは。みんな無事で良かったよー」

「本当に助かりました……。リントくんも、本当にありがとう」

「こちらこそ。ビレナを連れてきてくれてなかったら危なかった」

「おや？　一騎打ちなら切り札があったんじゃなかったかい？　謙遜しなくても君の強さはもう知ってるよ」

どうも過大評価をされているようでおもはゆい。

「二人が一緒にいるってことは、昨日の報告かい？」

「あー……いや。実はパーティーを組むことになっててな」

受付嬢の反応を見ると、カインたち相手でも少しためらわれる。

だがカインの反応は受付嬢も驚くほどに前向きなものだった。

「それはいい！　ソロでも十分強かったけど、もったいないと思ってたんだよ！」

驚いた受付嬢が口を挟んでくる。

「カインさんはお二人とお知り合いだったのですか？」

「報告したときに言っていた、僕らを助けてくれたDランク冒険者がリントくんだよ。ビレナさんは言わなくても伝わると思うけど……」

「なるほど……。念の為、リントさんの実力は――」

「僕らパーティーが束になっても絶対に勝てない。いや……」

周囲に聞かれないよう、声を潜めてこう続けた。

「ここにいるBランク冒険者じゃ相手にならないのではないかと思うくらいだよ。クイーンウルフに一人で立ち向かえるようなDランク冒険者を、僕は他に知らない」

「わかりました」

それで受付嬢も納得してくれたらしい。

にしても随分と評価してくれたようだ。本当に今後実力を追いつかせないといけないな。

「改めてありがとう。これからはパーティーとしても活躍が見られると思うと楽しみだよ」

カインと改めて握手を交わす。

「こちらこそ」

他のメンバーともそれぞれ挨拶を終えて、改めてパーティー申請へと移った。

昨日の報告も後でしないとだな。

「それでは説明に入りますが……まずビレナさんはSランクなので個人として高ランクの依頼を受けることは可能ですが、パーティーとしてはランクの低い……えっと、リントさんに合わせてDランクの方が受けられる範囲、つまりCランクのものまでが受注可能です」

パーティーは危険を避けるために下位のメンバーのランクに合わせた依頼しかこなせなくなる。

逆に言えば、低ランクの冒険者が上位の冒険者を雇うようなことをしても、なかなか実績が積めない仕組みになっているというわけだ。

「うんうん。またパーティーもランクを上げてけばいいってことでしょ？」

「それは……そうですね。カインさんのお墨付きもあるようですし、お二人ならすぐに上がるかもしれません」

カインは印象通りギルドにも信用されるしっかりした冒険者だったようだ。

「さーて、今度はパーティーもSランクにするぞー！」

「本気か……？　本気か……」

ビレナの目標がSランクパーティーということになると、それはすなわち俺も少なくともAランク、目標で言えばSランクを目指すということになる。

Sランクか……。

そりゃ憧れがないかと言われれば全くないとは言わないが、現実的な話ではなかった。例えば――たまたま森で助けた女の子が実は王族で、その子と結婚して王子になるぞというくらい突拍子もない話だった。

「私はね、Sランクだけじゃなくって、最強のパーティーを作りたいのっ！」

「最強のパーティーか」

「うん。リントくんと私と、他にも何人もさ、できたら可愛い子で、ものすごく強い子たちで！」

「それ、俺ついていけるか……？」

「大丈夫！　リントくんなら絶対できる！」

根拠のない話だが、ビレナの励ましはなぜか心に刺さる。

むしろSランク冒険者であるビレナが言うと途端に現実味を帯びてくる気がした。もちろん先の長い話だが、頑張ろうと思える。

まあそうだよな。森でお姫様を助ける夢物語より、Sランク冒険者をテイムするほうが想像すらできない世界だったはずだ。もうすでに現実的だとかそうじゃないとか、そんな話は通り過ぎてるわけだ。

「頑張ろうね。リントくん」

「よろしくおねがいします」

気持ちを新たに一歩進みだそうとしたところに、茶々を入れる一人の男がこちらへやってきた。

「おいおいビレナよぉ」

絡んできたのは昨日とはまた違う、むさいおっさんだった。ただ多分、昨日のギーランとかいう男より強い。

「んー？」

「おめぇまさか、そこのひょろいのとパーティー組むとか言わねぇよなぁ？」

ただなぁ……強さは変わっても何というか、昨日のと同じような感じだ……。

取り巻きがいない分ましか。

当然、声をかけられたビレナの反応は冷めたものだ。

「何で？」

「ちっ。おいてめぇ。この俺がわざわざ声かけてやったってのに――」

「ふふ……小さい男だね」

男が言い切る前に言い放たれたその言葉は、ビレナが狙ったかどうかは置いておくとして男の神経を逆なでするには十分すぎる効果を発揮した。

ビレナは座っていて、おっさんが立っていたからな……。

身長と位置関係の問題で目線が股間に向いたまま小さい発言。

いやわざとかもしれないけど……。

「調子に乗んなよチビが⁉」

男が色んな意味で顔を赤くして吠えた。

その様子を近くで見ていたカインたちが止めに入ろうとしてくれたのが見えたが、首だけ振って伝えておく。「放っておいて大丈夫だ」と。

「へえ。どっちが？」

ビレナが椅子から立ち上がり男の方へ詰め寄った。一瞬たじろぐように男が後退《あとずさ》る。

ビレナの圧はそれだけ圧倒的なものだった。

横にいる俺ですら、ビレナの放つプレッシャーを受けて少しのけぞったくらいだ。

だが男も一応それなりの実力者ではあるようで、一度は怯《ひる》んだものの、再びビレナに凄む。

「俺をそこらの雑魚《ザコ》と一緒だと思うなよ⁉　Aランクで経験も長い冒険者だ！」

武器にこそ手はかけないものの、男の拳に魔力が帯びはじめる。

それはもはや武器がなくても凶器と呼べる代物《しろもの》だ。

「へへ。どうだ？　いまなら謝れば許してやるぞ？」

強気になる男だが、ビレナは取り合わずにこれだけ言った。

「ほんと色々、小さい男だね」

ビレナがやれやれと呆れたように肩を竦《すく》めこちらを見る。それがトドメになって、男の拳がビレナに向かって振るわれることになる。

「てめぇっ！　死にさらせ！」

人を一人を倒すには十分すぎる威力の拳が、容赦なく小柄なビレナに襲いかかる。

普通に考えればひとたまりもないだろう。

サイズ差がありすぎるし、男は拳が魔力を帯びるだけのタメを作っていた。

それに対してビレナは何の準備もないままガードを上げることすらしていなかったのだから。

だが――

「この程度でよく、喧嘩売る気になったよねぇ」

「なっ⁉」

目を合わせることすらしないビレナ。

男の拳はよそ見したままのビレナに片手で止められた。

「馬鹿な……」

「私昨日、この子に強くされちゃったからね」

頬を染めて言うな。それとこれとは違うだろ。あとビレナは最初から強かった……いや今はそれどころじゃないな。

「こいつ……！」

空いていた方の手でさらに殴りかかる大男。

だが一撃目で力の差に気づくべきだった。気づいた上でそれでも引くに引けなくなったのかもしれないが……。

「ま、一緒にしてほしくはないよね。何年もそのランクで止まってる雑魚と、あっという間に追い越した私を」

一回転。

ビレナが勢いよく回転して男を殴ったことは風圧で確認できた。だが見えはしなかった。

次の瞬間には大男が派手に吹き飛んでいた。昨日俺がやったときの比ではない。

卓を三つ木っ端微塵にした上に、その衝撃で周囲十数の椅子や机をなぎ倒していた。

「ごめんね。片付けよろしくー」

軽い調子でそう告げるビレナ。

バーデンダーは顔色一つ変えていなかったが、それでも多少なりともその後の片付けを思ってか肩を落としているように見えた。

「さて、無事パーティーも組めたし、依頼はリントくんに合わせるとして、まずはその前にちょっと行きたいところがあるんだよね」

「行きたいところ……？」

答えることもなくビレナが準備運動を始める。身体柔らかいんだな……。いやそうじゃなきゃあんな無茶苦茶な動き、できないか。

無茶な動きで昨日の夜のことまで思い出したので必死に頭の片隅に追いやる。

「じゃあ行こうか」

「えーっと、目的地も知らないけど」

「まぁ良いから良いから」

どうやら俺の疑問には答えてくれる気はないらしい。

いくらSランクのビレナでも、俺《Dランク》とパーティーを組んだのだからいきなり無茶なところには行かないだろうと信じ、ビレナの後を追いかけてギルドを出る。

「じゃ、いくよー」

「え？」

移動手段に何を使うのかと思っていたら、突然手をつないできたビレナ。

ちょっと可愛らしいところがあるなとほっこりした、次の瞬間——

「うぇ⁉」

「にゃはは。リントくん、しっかり掴まっててね？」

景色が後ろに消え去っていく。

「えぇぇぇぇぇぇぇぇぇぇぇぇぇ」

◇

無造作に握った手を引いて、瞬光が全速力で移動し始めたんだと気づいたのは、ほとんど目的地に到着した頃だった。

流れていく景色についていくのに必死過ぎて、何が起こっているかなんて考える余裕すらなかったからな……。

「ひどい目にあった……」

「にゃはは、大丈夫だった？　大丈夫だよね。じゃあ行こう」

「念の為に言うけど俺はDランクだからな⁉　いまの身体がちぎれなかったことが不思議なくらいだからな⁉」

手だけを引かれて宙を浮いた状態で、よくまぁ手がちぎれなかったと思う。

ビレナがそこに魔力か何かを割《さ》いてくれていたからだろうが、恐怖以外の何物でもなかった。

「まぁいいじゃんいいじゃん。それよりここで、狩りをするよー」

「ここって……」

「『竜の巣』だねー」

「え……？」

改めて周りを見渡す。

え……？　ここが？

それが事実だとすればもはや俺はここに立ってるだけで命がけな状態だった。

狩りをするのか……。ここで。

「ふふーん。いい狩場なんだけどね。今日はリントくんにテイムしてもらいたい子がいて——」

「いやいやいや、ここの適正ランクはA+だろ!?」

ビレナに連れてこられたのは山岳地帯の奥、『竜の巣』と呼ばれる火山地帯だ。辺境のフレーメルでもその名前が知られていたぐらい有名な場所だった。

火山地帯特有の硫黄《いおう》の匂い。濁った赤い空。むき出しの岩山は赤茶色で、有名な火竜の色彩を彷彿《ほうふつ》とさせる。いや火竜が山肌に似せたんだろうけど。

そして何より、すでにワイバーンや火鼠《ひねずみ》といった危険度BやCの魔物の姿がゴロゴロ見え隠れしている。狙われれば俺は簡単に命を落とすだろう。こんな状況でテイムとか、正気とは思えなかった。

適正ランクA+。人外と言われるBクラスのさらにその上、もはや各国の国家戦力だったり生きる伝説となっているものすらいるAランクの、さらに上位にあたるということだ。

とにかくこの場にふさわしいのは、人外の化け物のさらにその先へ行った、国家戦力級の冒険者だ。

ここでは逃げ隠れするしかない餌と言える魔物たちですら、俺より遥かに強い。今すぐ逃げたいがビレナのそばを離れたらその瞬間確実に命がなくなるので、歩き始めたビレナの後を、仕方なく付いていく。

「にゃははー。Sランクの冒険者をテイムしたのに何びびってんのさー」

「敵性の魔物とそうじゃないやつには差があるだろ!」

自分より強い味方がいても自分自身が強いわけじゃない。これもテイマーが劣等職と言われる理由の一つだが、今ほどそれをひしひしと感じたことはなかった。

逃げたい。今すぐ逃げたい。

だが逃げることは即、死を意味する。ビレナから離れた瞬間に死んだことにも気づかず餌になるだろう。

周囲の気配から魔物が俺たちの隙を窺っていることだけは俺でも肌で感じ取れていた。

「で、まさかと思うけど俺にドラゴンテイマーになれとは……」

「あ！　いいねー！　ここの子たちならどれでも良かったんだけど、やっぱ男の子はそうじゃなくっちゃ」

「いや違う！　ドラゴンがテイムしたいわけじゃ」

やぶ蛇だった！

「じゃ、レッツゴー！」

それだけ言うとここへ連れてきたときと同様、手を引いてすごいスピードで走りだす。

この移動方法だけでも十分生命の危機を感じられる。

「そう考えると……移動手段として竜くらいテイムしたほうが命の危機は減るかもしれない……」

そう口に出してから、だいぶ毒されているなと気づいたがもう今更だった。

ちなみに今度の移動は一瞬で終わった。

「はい着いたー！」

「死ぬかと思った……」

到着してから周囲を見渡してもう一度現状を確認する。

周囲よりも一段高い丘状になったそこは、先程よりも明らかに暑くなっており、山肌のあちこちから湯気が立っていた。

竜の巣の名の通り、こうして奥に潜ればアースドラゴンやフレイムドラゴンなどがチラホラいる、らしい。姿は見えないが気配は確かにある。

いや、もう本当に勘弁してほしい。普通の冒険者にとっては、出会ったら運がなかったと神に祈りを捧げる相手だ。

「んー、どの子にしよっか」

ビレナから一歩でも離れたら死ぬ。その証拠にほら、一匹こっちにやってきてしまった。

しかもこいつ、俺が考えてた竜より一回りはでかいぞ⁉

「グルゥァアアアアアアアアアア」

死ぬ。そう思った。だってこれ、フレーメルの家というか小屋のような住処、五つ分くらいのサイズがある。

そんな相手が明らかな敵意を持って吠えてきたんだ。これだけで俺は動けなくなった。

さらにドラゴンはこちらを目掛け、口に炎を溜めてブレスを放とうとしている。

「終わった……」

そう思い目を瞑ると走馬灯が流れていた。キュルケとの出会いが懐かしい。

だがビレナにとっては大した問題はなかったらしい。

「うるさい！」

パシュン、と音がして竜の頬を衝撃波がかすめていった。

遅れてビレナが拳を突き出したのを確認する。

「え……？」

竜もびっくりして目を丸くしてるじゃないか。

黄土色のベーシックな土竜に見えるが、火を吐けるようだから二属性持ち《ダブルスキル》のレアドラゴン。だから身体も大きかったんだろう……。

危険度は恐らくA+。俺一人なら余裕で千回くらい死を覚悟する相手だ。

それが今、俺より小柄な獣人の女の子に拳一つで逆に脅されていた。

「まだやるの？」

「グッ……グルルルル」

恐怖の象徴である竜よりビレナのほうが怖い。もうめちゃくちゃだった。

その恐怖はドラゴンとも共通認識としてわかり合えたらしい。

「にゃはは。いい子じゃん！　ほらリントくん、やっちゃって」

「ああ……テイム」

俺がテイムを試すと、一瞬で同意を得た。こんなのありかよ……。ドラゴンテイマーってもうちょっと……いや、いいや、深く考えるのはやめよう。

とにかくこれでこの子は味方だ。テイムしてわかったが、見た目に反して竜種としては若い……というよりどちらかといえば幼いくらいの個体だったらしい。

ただその姿をよく見ると、黄土色をベースにはしているが、ところどころ銀に輝いており落ち着いていれば気品すらある美しい竜だった。

いまは頭を撫で回してくるビレナに怯《おび》えながらキュルキュル鳴くだけの生き物に成り下がっているが。

「キュゥウウウウウン」

「ふふん。可愛いじゃーん」

俺にはわかる。頭を差し出してか細く鳴くドラゴンが怯えているのが。

これはきっとテイマーだからわかるとか、そういう話じゃないだろう。

ひとしきりドラゴンを撫で回して満足したのか、パッとビレナがこちらを振り返った。

「これでリントくんもドラゴンテイマーになったし、サクッとAランクくらいにあげちゃいたいね」

「色々と頭が追いつかない……」

「大丈夫！　そのうち追いつくから！」

軽く笑っているがドラゴンテイマーだぞ⁉　多分そんなの、フレーメルに帰って言っても信じてもらえないどころか、頭がおかしくなったと思われるだろう。

「ま、とにかくテイムはしたんでしょ？」

「まあ……」

ビレナに怯えるドラゴンがあまりに不憫《ふびん》で思わず手を差し伸べたわけだが、正直に話しにくいのでぼかしておく。

「すごいすごい！　私がいたってそんなあっさりはいかないからね？　普通」

もはや普通とは何かわからなくなっているのでコメントに困る。

だがビレナの言葉はお世辞というわけでもないらしい。

「例えば私がその辺のテイマーを捕まえて連れてきたとしてもね、今のリントくんみたいにすんなりはテイムできないんだよ」

「そうなのか？」

あそこまで追い込んだら誰でもできそうなもんだが……。

「タイミングを見計らう能力、そのために自分より強い相手を深く観察する能力、そして何より、テイマーとしてのキャパシティ」

「キャパシティか……」

「そ！　本来は自分より強い魔獣を何体もテイムするのは難しい。テイムできる相手との関係性によるらしいけどね！」

そんな話もあった気がするが、それは確か、無理やり魔獣を従えているとコントロールが利かなくなることがある、みたいな話だったはずだ。

幸いなことにキュルケがそういった反応をしたことはないし、すぐ解放したのであんまり気にすることもなかったけど。

「ま、というわけでリントくんはすごい！　胸を張って！」

「ああ……」

ビレナはそう言うが、色々な意味で実感がない。

ドラゴンテイマーか……。まさか自分がなるとはな。

ビレナがさらっと言ったAランクというのも、ビレナと出会うまでは無縁の単語だったものだ。

こちらもそう、辺境の村からすれば伝説的な存在といってもいいくらいだ。

「それで、名前はどうするの？」

「ああ、決めないといけないな」

ビレナは終始ニコニコと、俺とドラゴンを見比べていた。ドラゴンは何か期待するように、俺をじっと見つめ続けている。

基本的に野生動物に名前などない。

この名付けも、信頼構築には重要なステップだった。

「『ギル』にしよう」

「いいね！　いいよね？」

パンパンと、ドラゴンの頭を撫でるというか叩くビレナ。すごい勢いで頷くドラゴン、改めギル。

いやいまの、頷かされてなかった？　パワーで。

大丈夫か？

「キュゥゥゥゥゥ」

大丈夫という思いと、でも慰めてほしいという甘えが入り混じった形で、俺に泣きつくように頭を擦り寄せてきた。

撫でてやると嬉しそうに目を細める。ドラゴンもこうなるとただの可愛い生き物だった。

「よろしくな。ギル」

俺がそう言うと気を取り直したのか、一度スッと首を起こして応えてくれた。

「グルルァァァァァァァ」

頼もしい声が火山地帯、竜の巣に響き渡った。

それを受けてまたビレナが頭をポンポン撫でてやっている。ギルは恐る恐る頭を差し出していた。

大丈夫、そんな怖がらなくても、多分……。

よかったことは、ドラゴンテイマーという恐れ多い称号も、このわけのわからない光景のおかげで実感がわかないことだろう。

「さてと、これでさ、リントくん自身は大丈夫だね」

「大丈夫？」

「さすがにドラゴンテイマーにもなれば、Sランクでも文句言われないってこと」

「ああ……」

Sランクパーティーを目指すというのは本気らしい。

いや本気だよな……。個人では達成してるんだから。

俺が覚悟を決めないといけないだけだ。

ドラゴンテイマーと言われてもイマイチ実感はないけど、さっきまで俺を殺そうと殺気立っていた魔物たちがギルのおかげかすっかりおとなしいことを考えると、その力の大きさを再認識する。

「というわけで、あと必要なのは……私もリントくんも『遊撃』だからなぁ。仲間集めだね」

「なるほど」

パーティーはバランスが重要だ。

遊撃とはパーティーの中衛に位置する攻撃要員のことを指す。自由に動いて問題のない自衛力……つまり速さなり防御力を持ち、自由に動いたほうが効率的に攻撃に回れるものが担当する。

中衛はよく言えば何でも屋。悪く言えば器用貧乏だ。ビレナに関しては後者は当てはまらないほど規格外の能力を持っているが……。

ちなみに前衛がパーティーの守りの要。後衛は火力特化の魔法使いや弓使いか、回復役が入ることになる。

あまり多すぎても連携が取れなくなることを考えると、現実的には五人前後のパーティーを目指すことになるが、その上で真っ先にほしいポジションを考えていく。

「私は遊撃が一番合ってるとは思うけど、逆に言うとどこでもできるんだよね。いまはこれもあるし」

シュパン、と拳から何かが繰り出され、その辺を飛んでいた羽のあるトカゲがパタリと落ちていく。

可哀想に……。ギルは怖がるかと思ったら物欲しそうに俺のほうを見ていた。

「……ああ、いいぞ」

一応ビレナに許可をもらってからそう告げる。

「グルルルルルルゥ」

ギルは嬉しそうに鳴くとトカゲを食べに行った。

きっと、まあまあ高い素材になる生き物だったとは思うけど、危険度A^{+}の魔物をテイムしたことを思えば些細なことだ。

というより、今はいかにギルといい関係を構築するかが大事だからな。良い投資だと思っておこう。

ビレナとの会話に戻る。

「ま、でも自分で動くのが好きだから後衛には向かないかなぁ」

「だよな」

ビレナが後ろでおとなしくしてる姿なんて、まるで想像できなかった。

「リントくんも自由に動いて、好きなタイミングでテイムしたり、この子たちに動いてもらったりしたほうがいいよね」

そもそも俺の戦闘スタイルは新規参入のギルによって大きく変わるだろうし、まだわからない部分が多い。

「きゅきゅっ！」

「もちろんキュルケにも頼むよ」

戦力に数えていなかったことを抗議するように、もふもふの身体を俺に突進させてくる。

撫でてやると肩の上で落ち着いた。

「キュルケちゃんは下手したらこの子より強いけどね？」

ギルを指してビレナが言う。

「それは……そうなの？」

「多分ね」

前にもビレナはそんなことを言ってた気がするが……。

「ビレナはキュルケの何を見てそう思うんだ？」

「え？　んー……ちょっと来てくれる？」

ビレナに呼ばれて戸惑うキュルケにいいぞと言ってやると、ふわふわと飛んでいく。

キュルケを抱きかかえながらビレナは言う。

「この子、どういうわけか防御力だけがものすごい高いんだよ」

「そうなのか？」

そういえばクイーンウルフに吹き飛ばされてもそこまでのダメージになっていなかったな……。

「ここまで防御にステータスが振られてたら、そのうちカウンターを覚えて敵なしになっちゃうと思うんだよね」

「きゅっ！」

ビレナに褒められたことがわかったのか胸を張るキュルケ。

ビレナの言葉はどうなのかわからないけど、まあいずれにしてもSランクを目指すパーティーとして活動するなら、キュルケにも強くなってもらう必要があることは確かだ。

「ま、二人ともあんまり後ろにいるタイプじゃないだろうしさ、ほしいのは後衛だよね」

「でも火力は足りてるよな？」

「そうそう！　私もいるし、ギルちゃんもいるからね」

トカゲを食べ終えてご満悦で戻ってきたギルをビレナが撫でる。

餌一つですっかり警戒を解いているギルは、もうすでに恐ろしいドラゴンではなくすっかり従順なパートナーだった。

「じゃあ必要なのは……」

「回復士《ヒーラー》！」

遊撃手ではあるが、すでにSランクの拳闘士であるビレナは前衛にもなれるし、俺も竜《ギル》に頼れば前を張れるだろう。

攻撃力の高さは言うまでもないとなると、今一番必要なのは補助魔法使い、中でも回復に優れた人間だ。

「王都に聖女が来るんだよね」

「そうなのか……ん？」

ヒーラーの話題の後に聖女様が出てきた。この会話の流れ……嫌な予感がする。

聖女は世界最高峰の聖魔法使い。噂によると冒険者の経験があり史上最速でSランクに到達したという。聖女に選ばれた今となっては、神国において実質の支配権すら握るとも言われる、皇族に近い殿上人……というのが俺の知ってる情報だ。

「テイム、しちゃおっか？」

「は？」

嫌な予感は的中した。

いたずらっ子の表情で片目をつむってこちらを見上げるビレナ。

いやそんな軽いノリで国際問題になりかねないことをぶちあげないでほしい。

「私ね、聖女ちゃんはちょっとしたつながりがあるんだよね。多分リントくんの話したら乗ってくるよ？」

「いやいやいや、聖女様をテイムなんかしたら俺、神国に指名手配されるだろ」

「大丈夫大丈夫、神国って名ばかりで強くないし」

「そういう問題じゃない！」

何で最初から事を構える気でいるんだ⁉

神国は小国とはいえ聖女は一国の象徴。格付けでは他国の王に並ぶ扱いを受けている。

しかも今代の聖女は歴代最高の力を持ち、Sランク冒険者にも認定された伝説的存在だ。

万が一テイムができてしまったら、聖女を信仰している神国の人々だけでなく、彼女個人のファンにも狙われることになるだろう。

いくらヒーラーを探すといってもやりすぎだ。

そんな俺の考えを読んだのか、ビレナがイタズラっぽい笑みを浮かべる。

「でもさ、聖女様ね。私よりちっちゃいのに、私よりおっぱい大きいよ？」

「……」

ここで黙ってしまったのがよくなかった。

「じゃ、けってーい！」

おっぱいは大事だよね。

いやそれで決めていい問題じゃない！

「ちょっと待て、いくらなんでも……」

「私もまあある方だと思うんだけど、全然比じゃないと思うんだよねえ」

もにゅもにゅと自分で胸を揉み始める。これよりずっと大きいのか……。

「揉む？」とか聞いてこないでほしい。

今はそれより大事な話がある。

だがそれはビレナも同じか、むしろ実は、ビレナのほうが真剣だったかもしれなかった。

「それにね、リントくん。私は本気で最強のパーティーを作りたいんだよね」

ビレナがまっすぐ、俺の目を見てこう言った。

「そのために、聖女は絶対、欲しい」

「欲しい、か……」

一国の象徴をそんな理由で誘って良いのだろうか。

「にゃはは。まあ何とかなるって」

「いいのかそれで……」

「いいのいいの。もし駄目ならその時考えれば良いし、何か問題があったらそれを解決しちゃえば良いんだから！」

ビレナがどうやってここまで来たのかが垣間見られる言葉だった。

いずれにしても、すでにテイムしたばかりのギルに乗ってバシバシ背を叩くビレナを止められそうにない。

「ほらほら。冒険者なんて楽しんだモン勝ちでしょ！」

「やりすぎって考えはないのか？」

「そんなの気にしてたらSランクなんてムリムリ！　ほらほら！　私はともかく人間の寿命は短いんだから早く！」

獣人は人の三倍以上は生きると言われている。そう考えるとまあ、人間として成功するにはそういう決断も必要なのか。

「あ、エルフの女王なら秘術で寿命延ばせるか！　次はそっちだねえ」

「エルフの女王までテイムするのか⁉」

「すっっっっっっごい美人だから。おっぱいはないけど」

「それはそれで……そうじゃない」

違う。すっかり毒されているが違う。

そもそもまだビレナもテイムとまでは言ってなかったというのに……。

「あとは魔族とか、その中でも強い子探してテイムしちゃえばもう完璧だね！」

「テイムで何でも解決できるのか……」

「それだけの力が、リントくんにはあるんだよ。ほら見てみなよ」

目の前のドラゴン。

そのドラゴンにすら一撃の反撃も許さずひれ伏させるSランクの獣人。

それをテイムしている俺……。

「どう？　ちょっとは実感が湧いた？」

「いや、まったく」

ビレナがギルに跨ったまま話を続ける。

「ま、そのうち湧くよ。ほらほら！　しっかりくっついて！」

ビレナに引っ張り上げられた。竜の背にはいつの間にか鞍《くら》がついている。

収納袋——オークションにでもかければそれ一つで普通の人間が稼ぐ一生分の金が動くと言われる高ランク冒険者御用達《ごようたし》のアイテムから出したようだ。

物理法則を無視した収納能力があるのは知ってたが、それよりもビレナは何で竜用の鞍を……？と思って不思議そうな顔をしていたであろう俺に気づいたビレナが説明してくれた。

「あ、これ？　そうだねー、一個あげるね！　不便だろうし」

違った。俺の疑問は伝わってなかった。そしてその勢いのまま、収納袋を無造作に渡してくるビレナ。

「いやいやいや!?　これはさすがにダメだろ！」

「いいのいいの！　私のステータスを倍近くにしてくれた分！　まあすぐ自分でも買えるぐらい稼げるようになるから！」

「ええ……」

押し付けられるように持たされたそれをまじまじと見つめる。

返そうにも全く受け取る素振りはないので、落とさないようにベルトに何重にもくくりつけた。

恐ろしい……。これ一つで俺の命など五でも十でも買い取れるだろうに……。

「じゃ、おっぱいに向けてしゅっぱーつ！」

「それはちょっと言い方とか考えてほしい」

「ひゃっはー！」

聞いちゃいなかった。まぁギルは俺が命令しないと飛ばないんだけど。

ビレナが楽しそうだからまあ、とりあえず良いとしよう。

「あ、おっぱいの前にやることあるんだった」

ギルに合図を出そうとすると、ビレナがはたと何かを思い出す。

「まだ何かあるのか？」

ギル《ドラゴン》まで手に入れたというのに、他に何を求めるというのか。

「ここに来た本来の目的はね、まだなんだよ」

「いや、ドラゴンまでテイムしたのに……？」

「うんうん。ほんとはね、もう少し力の弱い子から徐々におびき寄せるつもりだったんだけど……」

おびき寄せる……？　何を？

「ま、ギルちゃんに乗って探したほうが楽だろうからさっ！　いこっ！」

ドラゴンでも満足しないということは、その先に何が出てくるのかはもはや想像すらつかない。もう何を言っても無駄だと思い、ギルを羽ばたかせようとしたときだった。

「待って！」

ビレナが鋭く叫ぶ。慌ててギルを止めた。

そして次の瞬間にはもう、ビレナはギルの上から消えていた。

「見つけたっ！　リントくん！　テイムできる⁉」

珍しく余裕のない声でビレナが叫んだ。

姿は追い切れなかったが、ビレナが何かを地面に押さえつけているのはわかる。

俺の位置からは全貌が見えなかったが、ビレナが押さえつけた周囲だけ熱で景色が歪んでいたので、俺もギルの背中から飛び降りて、そこへ向けてテイムを行う。

「ダメだ！　全然効かない！」

「やっぱり！」

サッとその場を離れるビレナ。かと思えば空中で何ものかと交戦を始める。

俺に見えたのは三度、後退しながら攻撃を躱《かわ》すような動きを見せるビレナだけだった。実際には何合《ごう》打ち合ったかわからないけど。

「にゃはは。流石《さすが》に強いね」

程なくして俺たちの前にビレナが降り立ち、正面にいた何ものかが徐々に輪郭を作り出す。

「まさか……」

現れたその魔物は一見すれば炎の塊。

だがその姿は、俺の知っている知識と重ねるなら、災厄級の魔獣に見える。

炎の塊は狼の形を作り出したが、次の瞬間、朧《おぼろ》げに景色に溶け込んでいく。

その姿はまさに、狼系の魔物の最高峰に位置する精霊、帝狼《ていろう》種のそれだった。

「これって……」

「危険度Sランク、『炎帝狼《えんていろう》』。腕がなるね！」

やはりと思うと同時に息を呑む。

ドラゴンの時とは違い、ビレナが一方的に勝てる相手ではない。

「さて、リントくん」

「何だ？」

逃げる準備は整っている。危険度A+とSの差は絶望的なまでに開いているからだ。

AランクはSランク冒険者であれば倒せる、いわば危険度が測定可能な相手だ。

ところがSランクというのは、未だかつてSランク冒険者が完勝したことのない、良くて互角、悪ければ歯が立たない相手ということになる。

歴代の伝説級の冒険者たちをしてその強さが未知数の生物。それが危険度Sランク。

古くから災厄級や神級と畏《おそ》れられてきた魔物たちをひっくるめて仕方なくまとめられた、いわゆる手に負えない相手だった。

当然ビレナ一人で俺たちのことを気にかけながら戦える相手ではないだろう。そう考えていたが、ビレナはそうではないらしい。

「三分、時間稼いでくれない？」

「三分？」

この時すぐ逃げずに考え込んだ時点で、自分の中で何かが変わっていることに気がついた。一皮剥けた男は自信がつくというのは本当らしい……。

いやいやそんなこと言ってる場合か。今だってビレナがいるから膠着《こうちゃく》状態が続いてるだけだ。俺が相手しても……。

そこまで考えて思い直す。俺がここにいる意味は何だ……？

今までとは違う。俺にはビレナの他にギルもいる。キュルケだって強くなる。

ビレナが何のために俺にテイムまでされてパーティーを組んでくれたか考えないといけない。

そうだ。少なくとも俺は、一緒にSランクにならないといけないんだ。頭を切り替えていこう。こんなチャンスをくれたビレナのためにも。

「一分じゃダメか？」

「お、いいねえ。やる気だ！　ちょっと時間としては心許《こころもと》ないけど……何とかするね！」

それだけ言うとビレナはその場で目を瞑った。

――精神統一

高位の剣士などが持つスキル。魔力や気を溜め込み、その後の爆発力を生み出す技だ。

ちなみにすでにビレナの額には角が出現し、光り輝いている。にもかかわらずそのスキルを使うということは、つまりそれだけでは足りない相手だったということだ。

――さて、のんびり眺めてる場合じゃないな。

「キュルケ！」

「きゅっ！」

相棒に呼びかけて改めて気合を入れ直した。炎帝狼はその場を動いていない。

だというのに、こちらを吹き飛ばす爆風を周囲に巻き起こした。

「くっ⁉　何だ⁉」

かろうじてギルが翼で守ってくれたからその場に留まれた。

だが先程まで景色を揺らめかせていた炎の塊が消えていることに気づく。

「――っ！」

炎帝狼は姿が見えないというのに、こちらへは致死の攻撃を加えてくる。その前足と思われる攻撃だけでも、一撃で地面をえぐっているのだ。

ギルとキュルケのサポートのおかげで何とか逃れられているが、ジリ貧だ。

あの爆風だけで十分ダメージを負うというのに、身体の炎に触れたらどうなることか……。

「何でちょっと楽しそうなんだよ、キュルケ……。一回戻れ」

「きゅきゅー！」

凛々しく炎帝狼の姿を追いかけようとするキュルケを近くに留める。

時間が無限に感じるなと、集中を欠いた瞬間だった。

「あ……」

俺がギルとキュルケに指示を出していることに気がついたのか。炎帝狼のターゲットが俺へと向く。

ギルの防御の隙を突いて、炎が俺へと迫ってくる。

――しかし

「きゅっ！」

揺らいだ景色の中から突如現れた爪形の炎を、キュルケが何とか弾き返した。

「助かった！」

死ぬかと思った！

「――ッ⁉」

炎帝狼が予想していなかった反撃に動きを止めている。何か炎が妙な形に歪んでた。

いや俺もびっくりした。とりあえずキュルケが間に入ったのは見えたけど、何とかなるとは思ってなかった。

「すごいなキュルケ」

「きゅっ！」

これがさっきビレナが言っていたキュルケの強さか。

「まあでも、そんなに長いこと戸惑ってはくれないな」

先程まで狼の姿があった景色が一瞬揺らいで、またその姿が見えなくなる。

嫌な予感がした。ほとんど何も考えず、前向きに転がり込んだ。本能がそうしろと叫んだ気がしたからだ。

直後、背後で地面が爆発したかと思うほどの轟音が響き渡る。転がった勢いそのままに衝撃波に乗って前方へ吹き飛ばされた。

直接巻き込まれなくてよかった……。全身痛いがまだ動ける。何とか立ち上がって、振り返った。

「グルゥアアアアア」

俺が吹き飛ばされたのを見て、ギルは炎帝狼の注意を俺から逸らそうと、攻めへと転じたようだ。

ギルが尻尾を無闇やたら地面に叩きつけ始める。

そのどれもが俺相手なら即死級の威力だが、炎帝狼と思われる陽炎《かげろう》は難なくその猛攻を躱し、地面を蹴った。あの軌道、多分狙いは頭。なら……。

「ギル！　ブレスだ！」

「ガァア！」

俺の声に応えてギルが闇雲に首を振り回して火を吐く。身体が炎の炎帝狼には効かないように思えるが、あくまで炎に似た魔力同士のぶつかり合いなので、効くには効く。

ギルはアースドラゴンをベースにしているためブレスに岩石が含まれていることも幸いした。炎帝狼がひとまずギルを諦めて離れたのを確認する。だが余裕はない。炎帝狼はやはり先に俺を始末することにしたのか、次の瞬間にはあの致死性の爪攻撃が俺の喉元に迫っていた。

「きゅっ！」

「ありがとな！」

再びキュルケが俺と炎帝狼の間に割って入る。なぜかわからないが炎帝狼の攻撃はキュルケに弾かれるらしい。ただ同時にキュルケも吹き飛ばされるわけだから、そう何度も使えるわけじゃないんだけど……。

これがビレナの言っていたカウンターになるのだろうか……。いや、今考えごとをする余裕はないな。

——何秒経った⁉

炎帝狼と距離が離れている隙にビレナを見るが、まだ動かない。

一秒が長い。キュルケと俺から離れた炎帝狼の身体がまた揺らめいた。

「あれはっ⁉」

姿は相変わらず見えないが、三方向に何かが発射されたのはわかった。その目標は俺と、吹き飛ばされたキュルケと——

「悪い！　ギル！」

とっさの言葉。炎帝狼の三つ目の狙いは、力を溜めるビレナだった。

それだけで意図が伝わったようで、ビレナを守るように羽で攻撃を防いでくれた。

「グラルゥァアアアアアア」

激しい衝撃が生まれ、ギルが痛みに叫ぶ。

ただ俺の方も、それを心配している余裕などまるでない。次々と降り注ぐ炎帝狼の攻撃を必死に回避する。唯一の救いはこれまでと違い三方向への同時攻撃のため、さすがの炎帝狼も狙いが甘いことだろう。

ギルが炎帝狼の攻撃に耐えることが出来ているのは、ギルがA^+ランクの魔物、二属性持ち《ダブルスキル》のアースドラゴンだからだ。

そんな攻撃を、ヒーラーなしの状況で俺が喰らうわけにはいかない。いやヒーラーなんかいても一撃でやられるだろうから意味はないんだろうけど……。

とはいえ今はかすり傷でも受けて動きが止まればそれは致命傷と同じだ。

なかなか仕留めきれないことに業を煮やしたのか、炎帝狼の全方位攻撃は一段と勢いを増した。

「なっ⁉　避《よ》けきれない⁉」

無理やり丘から飛び降りる。

崖を滑り降りることになるので、当然ながら身体のあちこちをぶつけるが、あの攻撃よりは、遥かにましだったはずだ。

キュルケの無事は確認していないが、感覚でつながっているから生きていることだけはわかる。ただ逆に言えば、生きてることだけしかわからない。

近くにキュルケもギルもいないこの状況。

次にあの炎帝狼が俺に狙いを定めたとき、打つ手はなくなったということだ。

「くそっ」

転げ落ちて立つことのできない俺を見てか、炎帝狼らしき揺らめきがこちらへ向かって跳んだのが見えた。

何か出来ることはないかと手元のスクロールに手を伸ばすが、こんな場所で使い物になるようなスクロールなんかこの世にない。

「――っ！」

せめて何とか身を捻《ひね》って避けようとしたところで、炎帝狼が光り輝く何ものかに横っ腹をぶつけられ阻まれたのが見えた。

あれは……。

「キュルケ⁉」

「きゅっ！」

何の魔法かわからないがキュルケの羽毛が輝いている。

そのおかげで炎帝狼の攻撃から身を守ったどころか、一撃を加えるに至ったらしい。ほんとにすごいな。どんどんスライム離れが進んでる気がする……。

キュルケはそのまま、炎帝狼にさらに追撃をしようとする。

だが俺を助けるためとはいえ追撃はやりすぎた。

「下がれキュルケ！」

「きゅきゅ⁉」

炎帝狼の反撃でキュルケは地面ごと大きく吹き飛ばされた。

「くっ……」

先程と同じように感覚は共有されているので生きているのはわかる。

だがもう、しばらくは動けないこともわかっていた。

「まだか……」

ビレナにまだ動きはない。この位置だと本人は見えないがそれだけはわかった。

「グルゥウアアアアアアアアアアアアアアアアア」

俺がもう限界近いことを察したのか、崖の上から首を覗かせたギルが炎帝狼へ向けてこれまでで最大級のブレスをぶつける。

流石に直撃は避けたいようで、そちらの対応に向かおうとする炎帝狼。

「って、これは俺も巻き込まれるだろ⁉」

ギルの放つブレスは岩石と炎が混じり合い、火山の噴火のように戦場全てに襲いかかる。俺のもとへも余波と岩が届くので何とか岩陰に身を潜めた。

これに直接狙われた炎帝狼は流石にこれまでの余裕はなくなったらしい。その場に留まったかと思うとこれまでぶれていた身体に徐々に炎の輪郭を取り戻し、光を放ち始めた。

それはまるで、分散していた力を一点に集中したかのようだった。

――次の瞬間

「キュアアアアアアアアアアアアアアアアアアアアアアアアアアアアアアア」

炎帝狼の遠吠えが周囲を景色ごと揺らした。

炎帝狼が叫んだと同時、周囲の岩肌に亀裂が走り、炎帝狼の周囲だけ重力を無視して巨大な岩石たちが舞い上がりはじめる。もちろんギルのブレスもほとんど無効化されていた。

「何だこれ……」

その力はまさに、伝承に描かれる神の怒りのようだった。

これでも、あくまでギルのブレスに対応するために放たれた力だということがわかる。

多少、いやかなりやりすぎではあるが、これだけ力の差がある相手に多少なりとも苦戦させられたことが逆鱗《げきりん》に触れたのだろう。

「でも、おかげで助かった……」

この威嚇を込めた攻撃は俺相手だけなら十分すぎる効果をもたらすが、今回に関して言えば、悪手だった。

この戦闘中、キュルケの奇襲に続いて炎帝狼が受けに回った数少ない瞬間。

それを見逃すビレナではない。


「――！」


テイムした従魔の状態が肌で感じ取れることは、ここまでで何となくわかっていた。

だがビレナから伝わってくるこれは……強すぎないか？

「ビレナ……？」

目視するより早く、感覚に刷り込まれたビレナの変化は、炎帝狼が放つ圧など笑い飛ばすかのような強烈さがあった。その神々しいとすら言えるオーラに少し、鳥肌がたつ。

この場合はいい意味で。

覚醒したと言っても過言ではないビレナの気配に安心感を覚えて、ひとまずビレナが見える位置まで戻って腰をおろした。

「よかった……」

先程までビレナがいた場所には砂埃だけが残され、炎帝狼の姿が霞《かす》んで消えていた。これまでとは比べ物にならないスピードで吹き飛び、ビレナに掴まれた炎帝狼が崖にめりこんでいた。

「ふぅぅぅ……」

「もうそれ、どっちが魔物かわからないぞ……」

角を生やしたビレナは、魔力が全身からほとばしるせいで青白く輝いており、ドラゴンはもちろん、炎帝狼よりも畏ろしい姿になっていた。

「そんなこと言ってる場合じゃないでしょ！　ほら、早くテイム！」

「わかった！」

流石にビレナも余裕はないらしい。すぐに手をかざしてテイムを行うと、今度はすんなり応じてくれた。

炎帝狼もいまのビレナ相手にどうにかなるとは思えなかったようだ。

これまで蜃気楼《しんきろう》のように朧げだった姿がしっかりと輪郭を持ち、再び炎の狼が現れた。

それを確認したビレナが力を抜く。魔力波が霧散し、角も引っ込んで普段のビレナの姿に戻った。

「よかったぁ。流石に強かったねぇ」

「まぁ、運が悪ければ死んでたな……」

いきなりS級モンスターを相手に時間稼ぎしろ、などという無茶振りをしてきたビレナを軽く睨む。

「にゃはは。ごめんごめん。でもリントくん、うまく戦えてたじゃん」

戦えてたのだろうか？

「逃げてただけで二匹に助けられっぱなしだったけどな」

「それがテイマーの戦い方でしょ？」

そんなやり取りをしていると、フラフラとキュルケが近づいてくる。

「大丈夫か？」

「きゅー」

か細く鳴くキュルケのもとに歩み寄る。

「頑張ったな」

「きゅっ！」

凛々しくポーズを取るも、限界だったようでよろよろと俺の腕の中に収まった。随分頑張ってくれたし、可愛いからこのまましばらく一緒にいよう。

「ギルもありがと」

「グルルルゥ」

撫でてやると満足そうに鳴いてくれた。いきなり大活躍だったな。

身を挺《てい》して守ってくれたことも含めて、何かお礼をしたいところだった。

「あっ、ごめんね。だいぶ怪我しちゃったね」

そんな俺たちを見ていたビレナから声をかけられる。

そう言われると、痛みが襲ってくるな。

死なないきゃかすり傷と言い聞かせて無茶な飛び込みを二回もしてるんだった……。代償は骨にまで届いている。何箇所かヒビぐらいは入ってるかもしれない。

戦ってるときに痛みが出なかったのが不幸中の幸いだった。

「これ飲んでー。あっ、キュルケちゃんにもかけてあげるね」

俺にポーションを渡すついでに、キュルケを抱き上げてポーションをかけるビレナ。

渡されたものと同じだが……これ、そんなドバドバ使っていいのか……？

「俺のこれまでのすべての稼ぎを足しても買えないやつだこれ……」

ラベルを見ると「特級ポーション」と書いてある。

ポーションの効果は無印、中級、上級とあがっていくが、上級ともなれば貴族でしか買えない超高級品。俺が今まで使っていたポーションは無印だけだった。これでも結構疲れは取れるんだが、中級なら一晩寝ずに働けると言われているし、上級は骨折を治すという。

「特級って実在したんだ……？」

普通に考えれば上級でも十分すぎる効果だろ？

「にゃはは。耳くらい吹き飛んでも治るからね」

「まじかよ……」

恐ろしい話を聞いた……。それ、上級ヒーラーが全力で行う回復魔法と同じ効果だろ……？

上級ヒーラーって各国が囲い込む、国に数人しかいない国家的戦力だよな？

「治ったばっかは感じやすくなっちゃうんだけどね。あ、試す？」

「怖いからやめてくれ！」

頭部の猫耳に手をかけて言うビレナを慌てて止める。そんな趣味はない。

「さて……」

治療を終え、新たに加わった仲間のもとに歩み寄っていく。

「熱くないのか？」

大人しくなった炎帝狼を撫でるビレナを見て言う。

火にまとわりつかれているようにしか見えないが、よく見ればその炎は狼の形をしている。

「さっきの私やキュルケちゃんと同じで魔力に覆われてるだけだから。炎に見える魔力って感じ」

「なるほど」

大人しくしている炎帝狼のもとへ向かうと、炎帝狼が腹を見せてきた。

「服従のポーズだねえ。さすがご主人さま」

「ビレナの力でしかないけどな……」

「私もリントくんの使い魔なんだから、テイマーとしては実力通りでしょ！」

そうは言うけどこの場合どうなんだろう……。テイマーってこれでいいんだっけ？

確かにテイマーとしてはこういうのを目指してきた気もするんだが、あまりに思い描いていた景色を数段飛ばしで駆け上がったせいで実感がない。

それにしても改めて見てみると色々面白い。顔つきは狼やキツネに近いが、鋭さがなく、そのどれよりも穏やかな表情に見える。

全身が炎の塊になっていて炎が獣の形を作り出しているようにしか見えていなかったが、よく見れば実際にそこに存在する生き物であることがよくわかった。

「可愛いなぁ」

こうしてわしゃわしゃと撫で回すと腹を出して甘えてくるし、尻尾が揺れまくって火花のような炎の幻影が揺らめき弾けていた。

「にしてもリントくん、改めて上手だったねー。戦い」

「そうか……？」

何も考えてない、というより考える余裕がなかったけど。

「キュルケちゃんとギルちゃんだけじゃなく、私の立ち位置も利用して戦ったでしょ？」

「そりゃ、超格上との戦いだからな。使えるもんは何でも使うだろ」

ビレナを守る必要があったのは一回。ギルが身を挺して守ってくれたから助かった。

基本的にはビレナを戦闘に巻き込まないようにしながらも、炎帝狼がビレナに気を取られてることもわかっていたので、それを利用するような立ち回りは意識した。

でもこれ、誰がやってもあの状況ならそうすると思う。

「ふふ。それが結構、難しいんだよ？」

褒めてくれるビレナに一瞬ドキッとさせられる。

それを見て満足したのか、ビレナの方から話題を変えてくれた。

「で、無理してでもこの子をテイムしたかった理由、リントくんはわかってるでしょ？」

「ああ」

ドラゴンより強いからという理由ももちろんあるのだろうが、重要な点はもう一つ、別のところにあった。

それを思えばまあ、ここで命を賭ける価値も……いや命より大事なものなんかあってたまるか。

すっかり毒された自分の感覚をもとに戻そうと必死に頭を切り替えながら、頭の中を整理する。

「リントくん、『精霊召喚』は覚えてる？」

「一応」

そう、精霊であることが今回、一番重要なポイントだった。

実体を持たない格の高い生命体。それが精霊だ。

今俺の目の前でお腹を見せている炎帝狼も、その精霊にカテゴライズされる。

本来別の世界にいるとも言われている彼ら精霊たちは、テイム後、普通の使い魔とは別の経路で喚《よ》び出せるようになる。

一応普通にテイムした魔物でも喚び出す手段はあることにはあるんだが、かなり高度な技術になる。

それに比べて精霊は好きなときに喚び出せるという大きなメリットがあるのだ。

『精霊召喚』はそのためのスキルだった。これを使いこなすものを『精霊使い』と呼んでいる。原理は同じテイムだが、精霊使いはテイマーとは似て非なる存在だ。

「精霊使い……かっこいいよね！」

「そうだな」

テイマーは嫌われているが、精霊使いは尊敬されるといってもいいほどの厚遇を受ける。俺もそんな精霊使いに憧れるところはあるので、一応精霊召喚のスキルは覚えているのだ。

そのメリットは当然、かっこいいだけではない。好きなときに喚び出せるというのは冒険者にとって非常に大きなメリットになる。

中でも最大のメリットは場所を選ばないことだ。

テイマーの欠点として、魔物を連れ込むことができない場所が多いことが挙げられる。街にゴブリンなど連れ込もうとすればまずいい顔をされないし、狭いダンジョンであれば、ギルのようなドラゴンを挙げるまでもなく、そもそも物理的に入れないということもまぁ、よくある。

精霊はそういった問題をクリアする手段を最初から持っている。

精霊には普段、精霊界と呼ばれる別の空間にいてもらうことになる。そのため常に人の目や場所を気にする通常の使い魔とは全く異なる運用が可能になるのだ。

「炎帝狼の力を自由自在に使えたら、それこそもう私なんかより強くなっちゃうからね！」

「使いこなせたら……だけどな」

だからこそ無茶をしてでもここでこいつをテイムしようとしたわけだ。

精霊を捕らえる機会などそう何度もないしな。

「ドラゴンテイマーに続いて精霊使いかぁ。いよいよSランクパーティーになっても名前負けしない実力がついてきたねぇ」

「こんな実力の付け方、ありなのか……」

「あれ？　そのためにテイマーになったんでしょ？」

「まぁ、それはそうなんだけど……」

こうもトントン拍子だと嬉しいより先に不安やら心配やらが湧き起こるんだよなあ。

「ま、実力と自信はあとから追いつかせるよ」

「リントくん、多分生まれ故郷のせいで自己評価がすごい低いけど、テイマーとしての実力は規格外だからね？」

ビレナはそう言うが。

比較対象がいないからだろうか、おだてられているようにしか聞こえなかった。

「テイマーは実力によってテイムできる相手の格も数も決まるのに、全く上限を気にする素振りがないでしょ？」

「あれってほんとにそうなのか？」

物語に出てくるテイマーはたいてい、一匹の超級モンスターをテイムしてそれだけだ。

ドラゴンテイマーが主人公のものから、精霊使いまで様々。

ただ物語でない現実の中であれば、普通のテイマーは二、三匹くらいの魔物を使いこなすことが多い。理由は単純で、そんな超級のモンスターを運良くテイムできるものが少ないからだ。

「リントくんがテイムしてるの、私、ギルちゃん、そしてこの子なんだけど……気づいてる？」

すっかりおとなしくなった炎帝狼を撫でながらビレナが言う。

「そう考えるとなおさら、キャパシティってのがあるのかと疑いたくなる」

「疑わないでいいから。私が保証する。リントくんはおかしいって！」

嬉しくない保証だった。

「次辺りで厳しくなるのかなあ」

「全然そうは見えないよね」

キュルケは除くとして、三体の超級の存在。普通に考えればそろそろ限界を迎えるはずだ。

「そもそも私もSランク、ギルちゃんもA+、炎帝狼がSランク。こんな面々テイムしてキャパを超えないテイマー、多分リントくんくらいなんだけどなぁ」

全く実感がない。高位のテイマーを見たことないからだろうけど。

「ま、いっか。で、この子の名前は？」

あっさり流された。まあその辺りもおいおいわかってくるだろう。

ちなみに名前はもう決めてあった。

「カゲロウ」

「いいね！　ぴったりじゃん！」

「いいか？」

腹を見せて転がっていた炎帝狼に尋ねる。

「キュクー」

気に入ったようで炎帝狼、改めカゲロウも俺の周囲を飛び回って喜んでいた。

こうしてみると先程殺されかけたときの面影などない、可愛らしい生き物だった。

「じゃ、精霊召喚の契約もしちゃって、そしたら今後はリントくんも戦えるよね」

「契約はするけど……俺が戦えるってのは……？」

ビレナの戦いに交ざるって、あのスピードで動く生き物の邪魔にならない動きが求められるってことだよな？　イメージなど微塵もできない。

精霊のいいところは自由に出し入れできる上、形に決まりがないから便利、くらいにしか思っていなかった。

「精霊使いってAランクくらいになるとみんな、『憑依《ひょうい》』して戦ってるよ？」

「そうなの……？」

そんなことできるのか？　というか、憑依って何だ？

「憑依っていうのはね……カゲロウちゃん」

俺の疑問に答えるように、ビレナがカゲロウに声をかける。

それに応えるようにカゲロウが炎の形を変えて俺の周りに鎧のようにまとわりついてきた。

「おぉ……これが憑依なのか」

「いいじゃんいいじゃん」

カゲロウに身を包まれただけで、とてつもない全能感が生まれた。

何だこれ？　楽しい。

「ちょっと走ってみるといいよ！」

「ああ……ってえええええっ⁉」

走り出そう、としたときには身体が先に飛び出していて、目の前の岩壁に激突して止まった。

痛みはあまりない。これもカゲロウのおかげだろう。

「憑依は徐々に慣れてあげなきゃかな。ま、しばらくは戦いになったら召喚して身にまとうようにしていればいいと思うよ」

「なるほど……」

恐る恐る足を踏み出す。今度はちゃんと前に進めた。

ただ、さっきの暴走を思うと、そう気軽に出来ない気もした。

「一旦戻ってくれるか？」

「キュクー」

ひと鳴きして元の姿に戻るカゲロウ。

「すごいことはわかった」

「うんうん。ちょっとずつ慣れてね」

さっきの力、たしかにあれなら、ビレナの戦いに交ざるのも夢ではない気がしてきていた。

まあそうだよな。カゲロウの力をそのまま借りるようなものだし、それはつまり、Sランクの力を借りるということだ。

「さて、目的の子も手に入ったし、次はリントくんのランクを上げないとね。王都に戻ろうか」

「そういやそれが最初の目標だったな……」

あまりにぶっとんだ相手と戦ったせいで忘れかけていた。

◇

二人と一匹、ギルの背に乗って、いよいよドラゴンで飛ぶこととなった。

カゲロウには普段は精霊界にいてもらうことになったが、俺が喚び出さなくても自由に行き来できる状態にはしておいた。

「竜、一回乗ってみたかったんだよねー」

「だから鞍持ってたのか」

「役に立ってよかったでしょ？」

普通の冒険者なら無駄なものは持ち歩けないが、ビレナくらい収納袋のスペースに余裕があればこういったことも出来るわけだ。備蓄や装備の換えなどの点でも収納袋の存在は大きい。

ビレナが人の倍以上の依頼をこなせるのは、こういったところにも理由があると感じた。

「じゃ、今度こそしゅっぱーつ！」

竜に跨ってテンションを上げたビレナの号令に合わせ合図を送ると、ギルが羽ばたく。徐々に高度を上げていき、雲と同じ高さになったところでギルが水平に身体を直した。

「リントくん、掴まって掴まって」

「ああ……」

言われるがままに鞍とビレナにしがみついた。それを待っていたかのように、ギルが急加速する。

「おお……！」

スピードだけで言えばビレナが手を引いていたときと体感は変わらない気がするが、格段に安定感が変わった。ギルの背中は心地いい。腕がちぎれる心配がないからな。

ただそれでも猛スピードで雲を切って進むのはなかなかのもので、ビレナにしがみつかないといけないという点では残念ながら変化はなかった。

「ふふ。えっちー」

「いや、わざとじゃないから⁉」

からかわれながらも楽しく空の旅は進んでいく。手には柔らかい感触が定期的にぶつかっていた。

「いやこれは逆にわざとだろ⁉」

「ふふ、その気になった？」

バカなやり取りをしていたらいつの間にか目的地に着いたようで、ギルが地面に向けて急降下していた。

地面が見えてきた頃から徐々にスピードを緩め、ほとんど衝撃も無く着地してくれる。

「すごいな……ギル」

「グルルルルル」

褒めてやると気持ちよさそうに鳴いて目を細めていた。

「さてと、今日は一旦ここまで！　休憩です！」

「ビレナが言うとそういう意味にしか聞こえない……」

ギルを人前に連れて行くと騒ぎになることはわかりきっていたので、少しはずれたところに着地して歩いていく。

ギルにはそのまま目立たない場所で休んでもらう。俺たちは王都の宿で一晩を明かすことにした。

「ふふ。期待してる？」

「まあ……？」

「今日は泡で遊べるらしいからそれにしよっか！」

そんな話をしながら歩いていると、あっという間にビレナの使っている宿にたどり着く。

三回戦まで数えていたがその先はもう、よくわからないまま二人とも溶けるように眠りについた。

◇

次の日。王都ギルドに戻ってきて、まっすぐ掲示板に向かった。

「えっと……DランクだからCランクまでの依頼でいいんだよね？」

「そうだな」

昨日聞いた受付の人の話だとそういうことになる。

それだけ確認するとビレナはぐんぐん進んでいく。

膨大な依頼が並ぶ掲示板をちらっと見たかと思うと、目にも留まらぬ速さで掲示板の方へ消えた。

「こんなもんでいいかな？」

「え……？」

戻ってきたビレナの腕にはCランク向けのクエストの依頼書がちょうど十枚並んでいた。どれも今の俺が受けられるギリギリのラインだ。

そしてそのどれもが例外なく割が良さそうなもので、かつ、移動に無駄がないように選ばれている。

すごいな……。

「これでリントくんもパーティーも、Cランクまではいけるかなぁ」

「いける……のか？」

依頼は基本的にいくつでも受けることは出来る。

ただ、期限までに達成できなかった場合は当然違約金が発生するので、同時に受けても二つや三つが普通だ。一気に十も抱えてくるのはちょっと、考えられないことだった。

しかもビレナの持ってきた依頼はどれも残り期限が短い。いくら効率よくスケジュールを組んだとしても、時間の制約を考えると厳しいのではないだろうか。

考えていることが伝わったらしく、ビレナが説明をしてくれる。

「一日で動ける時間を考えればこの中の七個は確実にこなせるからねー。その先はうまくいけばって感じでいいんだよ！　ダメだったら違約金を払えばいいだけだから！　失敗したって、達成したクエスト分の実績は重ねられるし、多めに受けておいたほうが回収できることは多いよ！」

「なるほど……」

その発想はなかった。

目先のマイナス要素に気を取られて大事なことを見失っていたかもしれない。一日七個というのはビレナの能力とこれだけ効率のいいクエスト選択によって達成できるものではあるが……。

「一つを除いて緊急でもないしね。私たちが今日達成できなくても誰も困らないよ」

「そうか……」

ビレナのこのリスクを恐れない考え方が、高ランカーになるための秘訣なのかもしれない。これがあるからこそ、ビレナはしばらくここのトップランカーとして君臨しているんだろう。

参考になるな……。いや、なるか……？　そもそも七個もできるのか……？

悩んでいる俺のことは気にせず、ビレナが準備を整えて出発を促す。

「ま、私たちは十個全部やるけどね？」

「え？　今の説明の意味は!?」

「にゃはは。まあ行こっか」

全くこちらの話など聞いちゃいなかった。

ビレナが言うと本当に十個全部達成出来る気がしてくるから怖い。

いや、ビレナの移動速度を考えればそのくらいできるのかもしれないな……。

「そもそもどこ行くかも聞いてないぞ⁉」

「まあ大丈夫大丈夫！　のんびりやってもすぐ帰ってこれるからー」

「十個も依頼受けたのに⁉」

そして結局どこに行くかはわからないまま、ギルのもとへと歩いていった。

◇

「じゃあリントくんのランクをサクッとあげていこー！」

「クエスト十個……本当にやるのか……」

ビレナはこちらを確認するまでもなく、すでに準備に取り掛かっている。

「並行して精霊憑依の練習もしていこうね」

「スパルタすぎる」

ギルに、いや正確には前に座るビレナにしがみつき、言われるがままにギルに指示を出している間にたどり着いていたのは見渡す限り何もない、誰もいない草原地帯。

だが、ここがただの草原地帯であれば、冒険者ももう少し気軽に立ち寄るはずだった。

これだけ広大な土地に誰の人影も見えないのには理由がある。

ここは人呼んで――

「推奨ランクB……『還《かえ》らずの草原』……」

「ま、大層な名前が付いてるけど大したことないから」

「いやいや……」

まあビレナからすればそうなんだろうなあ……。いまも背後の土中から襲いかかってきたメドーワームをノールックで叩き潰しているし。あれも危険度Cだったはずなんだけどな……。

ビレナがこの場所を選んだ理由だけはわかっていた。

「Cランクの依頼をBランクのフィールドでこなすなんて裏技があったんだな……」

「ふふーん。今のリントくんなら、これが普通なんだよ」

「そうなのか……いやそうなのか？」

今俺が無事に生きてここに立っていられるのは、カゲロウとギルとキュルケがそれぞれ周囲を警戒してくれているからに他ならない。特に見た目からして強さがおかしいカゲロウやギルを見て襲いかかってくるような魔物は、ここにはいないというわけだ。

だがいつまでもこれに頼っているわけにはいかない。

「リントくん。ちゃんとおびき出さないと、いつまでも終わらないからね！」

「わかってる」

そんな魔物が、ギルやカゲロウより強いはずのビレナに襲いかかる理由は、ビレナがその力をコントロールして弱く見せかけていたからだという。

「ま、自分のコントロールと違ってこの子たち全員は難しいよね」

「それはそうでもないんだけどな」

「そうなのっ⁉　すごいね！　リントくん！」

ビレナのイメージと俺の感覚には結構差があるようだ。実際には三体くらいのコントロールはそう大変な話ではなかった。

今俺がそう出来ない理由は、自身の身の安全を考えてのことでしかない。

要するに……覚悟の問題だけだ。

「やるか」

「カゲロウちゃんは、憑依してもらえば力を落とせるはずだよ？」

「そうなのか？」

「キュクー」

同意するように鳴き声をあげて首を縦に振るカゲロウ。近づいてきたので撫でてやると炎の毛並みが嬉しそうに揺れていた。

「すっかり懐いてるねー。さすがテイマー！」

「こいつが特別いいやつだっただけだと思うけどな」

不思議なことにギルもカゲロウも、テイムしたときにはすでにこうして懐いてくれていた。

ギルがそうなった理由はわからないでもない。天敵《ビレナ》に殺されかけていたところに助け舟を出した形になったからな……。

だがカゲロウまでそうなったのは意外だった。

ビレナは俺のテイムのおかげと言うが、特別何かしたわけじゃないことを考えると、たまたまこの子との相性が良かったんだと思う。

例えば狼に近いことを考えると、群れの上下関係に厳しく、一度負けた相手には服従しやすい性質を持っていた、とか。そういう理由でこうなったんじゃないかと考えていた。

「これだとすぐ精霊憑依も使いこなせそうだね」

「あれをまたやらないといけないのか……」

強くなれるのはわかる。ワクワクしてくる気持ちもある。

だが一方で、Dランクの俺が推奨ランクBの地域で歩くことさえ満足にできない無防備な状況になることに抵抗があった。

「キュクク！」

「お前はやる気満々だな……」

「キュクー！」

楽しそうに鳴いて俺の前で意味もなくはしゃぎまわるカゲロウ。

その姿は本当に犬にしか見えず、まさかこれが危険度Sの魔物とは誰も思えないほどのはしゃぎっぷりだった。

つられたようにギルが身を乗り出してくるが、ビレナがそれを制していた。

「ギルちゃんはちょっと空から見守っててほしいな？」

「グルル……」

心なしか寂しそうな声を出すギル。

「ギルちゃんも力をコントロールする手段はあるけど、リント《ご》くん《主人様》の危機にいち早く駆けつけてあげてほしいから」

なるほど、うまいこと言ったな。たしかにギルが上空から見守ってくれるのはかなり心強かった。

「グルウゥァアアアアアアアア」

ビレナの声にやる気を出したギルは、すぐさまその巨大な翼をはためかせ上空へ飛び立っていった。

単純で可愛いやつだが、ギルは竜の中では幼い部類だからこんなものか。

「さて、じゃあやろっか！」

「えっと、薬草採取と、魔物種の排除と……爆発果実《ダイナマイトフルーツ》の採取……」

「あとトカゲとか細かい採集品もここでいけるよー」

「すごいな……」

この還らずの草原だけで今回受けたクエストの八割近くが完了することになっていた。

本来なら東西南北様々な森や川を練り歩く必要があるものが一点に集中している。そう考えればもっと賑わっていてもよさそうなものなのだが、そうなっていないのには理由がある。

「気をつけないといけないのはドワーフデスワームくらいだから」

「見つかったら死ぬってやつだよなあ……」

「見つけたらテイムしちゃおうね！」

「無茶言うな」

ドワーフデスワーム。先程ビレナが片手で叩き潰したメドーワームの親玉みたいな個体であり、この草原が還らずの草原と呼ばれている所以《ゆえん》だ。

急襲を受け、土中に連れ込まれたら終わり。骨も残らず、人知れず生涯を終えることになる恐ろしい相手だ。

一方で、地中から引きずりだしさえすれば対応はそんなに難しい相手ではないと聞く。

トータルしてBランク以上であれば対応できるだろうということで、ここの推奨ランクはBになっているわけだ。

特にいい素材が取れるというわけでもないのに危険度だけがBランクのこの草原にあえて来ようという冒険者はほとんどいない。ましてやCランクの依頼のためにこんなところに来るなんて、ビレナ以外考えもしないのではないだろうか。

「じゃ、リントくん。精霊憑依、してみよっか」

「やれるかなぁ……」

どうしても『竜の巣』でコントロールしきれなかった思い出が頭をよぎる。

こんな場所でいきなり実戦ということに不安を覚えていた。

「大丈夫大丈夫。リントくんはカゲロウをまとって戦うんだから！　実質Sランクだよ！」

そういう問題ではないんだけどな……。

無茶苦茶な理論だが、還らずの草原でやっていくには確かにそれにすがるしかないのも事実だった。

「ま、とにかくカゲロウちゃんにお願いしてみよー！」

「わかった。おいで」

カゲロウへ呼びかけ、精霊憑依を行った。

呼びかけに応じたカゲロウは俺の周囲へ炎の鎧となって現れ、全身をその炎で包み込む。ビレナが言っていたとおり魔力が炎の形をしているだけなので熱くはない。ただカゲロウの力が俺の中に流れ込んできて、ありえないほどの力が全身にみなぎるのを感じるだけだ。

「キュクー！」

カゲロウが俺の肩辺りから顔だけだして甘えてくるので撫でてやる。

この辺りどういうつくりになっているのか全くわからなかった。

ま、意思の疎通が図れる上にしっかり守ってくれているから別にいいか。

「その状態ならドワーフデスワームくらいなら、襲ってきてもリントくんが怪我しないどころか多分相手が燃えてなくなるから」

「恐ろしすぎるだろ……」

その状態でどうやって弱い獣や魔物をおびき寄せればいいんだ……。

「昨日全くコントロールできなかった力を調整する練習にはちょうどいいでしょ？」

「それはそうかもしれない……？」

ただ走ろうとしたら飛んでいくような状況から調整できるんだろうか……？

「ま、とにかく採取もあるしさ、やっていこー！」

何はともあれテンションの高いビレナに引っ張られるように、クエスト攻略が始まった。

「採集品を整理しながらいかなきゃだな」

「うんうん。お、普通に歩けるようになったんだ？」

「不思議なことにな」

ミニカゲロウが得意げに俺の周りを飛び回っているので撫でておく。

つまりそういうことなんだろう。気の利く従魔だった。

「すごいねー。テイマーってそんなにすぐ懐かれるようなこと、ないよね？」

「いや、カゲロウが良いやつで、俺が気を使わせてしまってる駄目な主人って感じだと思う」

ちなみに俺がおぼつかない様子を見て、キュルケはいつもより気合を入れて周囲を巡回してくれていた。本当に恵まれてるなあ。

「それがリントくんの力だね」

「いやいや、こいつらの力だろ？」

「ふふ。ま、とにかく行こー！」

「ちょ、ちょっと引っ張られると流石にコントロールできないって！」

ビレナに振り回されるのを何とか堪《こら》えて耐えてという共同作業をカゲロウとこなす。

カゲロウが必死に俺に合わせてくれるのがわかるが、それでも地を蹴った瞬間にビレナごと吹き飛んでいきそうになったり、地面に大穴を開けてしまったりとんでもないことになっていた。

そのたびビレナが無理やり俺を引っ張って引きずっていく。これ俺、ビレナがいなかったらどこに吹き飛んでいたんだろう……。

「とうちゃーく！」

「死ぬかと思った……」

辺りを見渡すと、いつの間にか還らずの草原と、奥の森との境目まで来ていた。

「にゃはは。お疲れ様ー！」

隣に顔を出すミニカゲロウも舌を出してはぁはぁしていた。

元気なのはある意味一番体力を使っていたはずのビレナだけだった。不思議だ……。

「まあでも、結構慣れたでしょ？」

「それはまぁ……」

そうなんだが、それを認めると今後もこの方向性《スパルタ》で進められそうで怖いから、言葉を濁しておいた。

「この調子でどんどん強くなろうね！　しっかり手伝うから！」

あまり言葉を濁した意味はなかった。

気を取り直そう。この場所に来た理由を改めて確認する。

「爆発果実《ダイナマイトフルーツ》……だよな」

還らずの草原とつながる森の入り口。ここは爆発果実《ダイナマイトフルーツ》が豊富に採れる場所だったはずだ。

蔓《つる》性の茎に人の顔ほどの大きさの実がなる植物型の魔物。いや実際、その実にはなぜか人の顔のようなものが浮かび上がるという特徴がある。

だがそれ以上に大きく、問題になる特徴がもう一つあった。爆発果実《ダイナマイトフルーツ》は収穫しようとすると爆発を起こすのだ。何もしなければ攻撃はしてこないが、いざ爆発に巻き込まれると大怪我につながる魔物の一種だった。

「ぴんぽーん！　何個だっけ？」

「ものによるけどだいたい十個かな」

納品基準は重さで量るはずだからな。

「おっけーおっけー。じゃあいこー！」

いつもどおりのビレナに対して、実は俺は興奮を隠しきれずにいた。

「Cランクのクエストって感じだ……！」

ビレナは全く気にする素振りがなかったが、俺からすれば大げさに言えば生命の危険のある初めての依頼だった。これがDランクとCランクの大きな差とも言える。

「万が一危ない顔がいたらすぐ呼んでね？」

「ああ……」

危ない顔、というのは突然変異種のことを指していた。

怒った顔をしているのが通常の爆発果実《ダイナマイトフルーツ》。そして、妙に穏やかな表情をしているのが突然変異種だ。

変異種はその穏やかな表情でこちらをしばらく見つめた後、通常の爆発果実《ダイナマイトフルーツ》の十数倍の威力で爆発するのだ。

還らずの草原。ドワーフデスワーム以外の主な死因がこの爆発果実《ダイナマイトフルーツ》の突然変異種というくらい、危険な相手だった。

「さて……やるか」

通常種の爆発果実《ダイナマイトフルーツ》の顔にも特徴がある。共通するのはその顔は基本的に怒り狂っており、ターゲットを捕捉すると真っ赤に腫《は》れ上がった後、爆発することだ。

こいつらを採取するためには主に二種類の方法がある。

「キュルケ、知ってるか？　こいつらの採り方」

「きゅきゅー？」

よくわからないと疑問符を浮かべるキュルケを撫でて説明する。

自分の知識を復習するためにも必要な儀式だ。

「普通はまず、ちょっと叩いたりして隠れる」

説明しながら一つ目の果実を少し乱暴に叩いてキュルケを抱いて距離をおく。


――ズドーン！


「きゅっ！」

びっくりしたキュルケが俺にしがみついてきたので撫でながら説明を続けた。

「ほら、キュルケ」

「きゅきゅきゅー？」

爆発したあとも種の周りに残っている実は結構あり、キュルケと分けあって食べる。

「きゅー！」

「うん。美味しいな」

爆発後に残った部分だけでも十分使いみちがあるのが爆発果実《ダイナマイトフルーツ》のいいところだ。爆発はほとんど皮の部分で起こることもそのことを助けている。必要になる果実と種は余り巻き込まれずに済むようだった。

今回の目的は果実だけだが……。

「種は薬とかに使えるらしいから、これも納品しよう」

爆発させる方法を実施して改めて感じるが、この方法なら危険も少なく、Dランク向けの依頼としても問題ない難易度だ。

ただしこの方法を採った場合、熟れている美味しい部分が失われるため食用としてはクオリティが下がるというデメリットはある。

「今回は別に爆発させてもいいいんだろうけど、せっかくなら完品を採りたいよな」

「きゅっ！」

爆発果実《ダイナマイトフルーツ》を爆発させずに採取する方法。このとき重要になるのがこいつらの顔だ。

基本的に怒り狂っている爆発果実《ダイナマイトフルーツ》だが、その表情は個体ごとに微妙に異なる。

例えば目を吊り上げて怒っているタイプはおでこを突くとおとなしくなる。口を大きく開けているものは頭頂部を撫でる……など。

果実ごとの特徴を判断し対応していくことで爆発を防ぐことができる。その隙に果実を木から分離させれば、完品の爆発果実《ダイナマイトフルーツ》を採取できるというわけだった。

これには当然危険が伴うわけだが、それでもCランクとして活動できる冒険者であれば、爆発を直に受けたとしてもポーションや回復魔法があれば十分耐えきれる威力だと言われている。それでも結構痛いは痛いというか、場合によっては腕くらいは持っていかれるというから油断は出来ないんだけど……。

「手慣れてるな？」

そんな危険を孕《はら》んだ相手だというのに、ビレナはさっさと爆発果実《ダイナマイトフルーツ》を収穫していく。もちろんその全てが完品だった。

「ふふーん。この子たち結構色んな所にいるし、美味しいからね」

草原地帯から続く森の入り口に入ってすぐ姿を現したことからわかるように、確かにこいつらは割とどこにでもいる。ここは特にその数が豊富なだけだ。

危険の伴う植物型の魔物ではあるが、こちらからぶつかったりしなければ基本的に無害ということもあって、冒険者からすれば比較的好意的に見られる存在ではあった。

普通に歩いていてもぶつかる心配もないくらい目立つからな。こいつら。

「美味しいよ？　ほら！」

「おお……」

投げ渡されたそれはとても綺麗に採取されていた。

その証拠に果実に浮かんでいた顔はなく、ただのカラフルなフルーツになっている。

これが変に力を加えたり無理やり採取したものだと、あの怒りの形相がこびりついた食べにくいものになるのだ。それでもまあ、美味しいから需要はあるんだけど。

「で、いくつ必要なんだっけ？」

「そっちの採取方法なら三つで十分だと思うけど……ってもう十分すぎるな」

ビレナの両脇にはすでに十近くのきれいな状態の果実が抱えられていた。

「美味しいからたくさん採っておこうと思ってー」

その言葉通りビレナはガンガン採取を続けていた。クエスト関係なく食べたいから採ってるだけだなコレ。

よし、俺の昇進のためなんだから、クエスト納品分の三つくらいは自分で頑張るか。

「にしてもこの辺はやっぱ多いんだな」

「うん。多分気をつけないと、いるよ」

「ああ……」

ビレナが言うのは変異種のことだろう。

一説によれば数百から千個に一つくらいの確率で生まれる可能性があるのが変異種。要するにこれだけの数の爆発果実《ダイナマイトフルーツ》がいる還らずの草原から入れるこの森は、それだけ変異種と出会う危険性が高いということだ。

初心者向けエリアで爆発果実《ダイナマイトフルーツ》が大量発生した場合、Cランクの上位やBランクが駆り出されることになるほどには危険を伴う相手だ。

あれ、そう考えると大丈夫かこれ……？　ここは今まんまその状況じゃないか……。

「キュルケちゃんとカゲロウちゃんにしっかり守ってもらってね」

「きゅっ！」

「キュクー！」

俺よりやる気の二匹に引き連れられて行く情けない構図ではあるが、まぁテイマーってこういうものだし良いと思うしかないだろう。

完璧ではない精霊憑依なので形だけではあるがカゲロウを身にまとい、キュルケを先行させる形で木々の中に押し入っていく。あまりないとはいえ、気をつけていないと地面に落ちて転がっている爆発果実《ダイナマイトフルーツ》を踏んでしまいそうだ。

死ななくても怪我はするんだ。ポーションもただじゃないし、無駄なことはしないように行こう。

「キュルケ、気をつけて行けよ」

「きゅっ！　きゅっ！」

わかってる！　と言わんばかりの様子に少し和ませてもらいながら進むと、ちょうどよく三つ、果実を見つけた。

「よし、やるぞ」

頭の中で表情と対処法を確認する。

そのイメージをそのままキュルケとカゲロウにも共有しておく。今の俺はカゲロウを纏っている影響で思考スピードより早く身体が動いてしまう。歩くくらいなら何とか制御できるようになったものの普通に動けるかと言われればまだぎこちない。

「これ……防御力的には万が一爆発させても大丈夫だろうけど、動きにくいな……」

見つけてすぐ対処が必要な爆発果実《ダイナマイトフルーツ》の相手をするには少々心もとない形になっていた。

「ま、何かあったら頼む」

「きゅっ！」

キュルケも頼れる。カゲロウは言うまでもない。

動きにくくても十分対処できるはずだ。

「いくぞ」

「きゅっ！」

一つ目に手をかける。

あらゆる顔が出てくることを想定して動いていた。

このときはこう、そのときはそう、と、カゲロウとイメージを共有することにも余念がない。

だが想定は、常に最悪を考えるべきだった。この顔《穏やかな顔》だけは、想定から排除してしまっていた。

「キュルケ！　逃げろ！」

「きゅきゅっ!?」

キュルケがとまどいの声を上げるのと、手にとった爆発果実《ダイナマイトフルーツ》の変異種が光を放ち始めたのはほとんど同時だった。

「くっ」

カゲロウの憑依に意識を落とし込む。いまここで精霊憑依の練度を高めて何とか対応するしかない。

逃げようと思えば逃げられる時間はあったと思うが、キュルケが突然の指示に対応出来ずに右往左往していたのだ。キュルケを置いていくことはできなかった。

全身を包む鎧、そして、キュルケを守る盾をイメージする。カゲロウも何とか俺の拙《つたな》いイメージを汲《く》み取って展開してくれた。

「中に入れ！」

「きゅっ！」

カウンターで対応しようとしていたキュルケが、俺の声を聞いて嬉しそうにこちらへ飛んでくる。

カゲロウのガードの中に何とかキュルケをしまい込む。

あとは爆発の衝撃に耐えるだけ……。

だが、いつまで経っても果実は爆発することなく光を放ち続けていた。

「ふー。よかったー！　間に合ったね！」

気づけばビレナが爆発果実《ダイナマイトフルーツ》の変異種を抱きかかえていた。

変異種の対処法は知らなかったが、こうして駆けつけてくれたということは何かコツがあったんだろう。

基本、見つけたら即逃げろが対処法だと思っていた。

「にゃはは。この子たちはね、自分が放った魔力より強い衝撃を受けると止まるんだよ」

「そうなのか……いやそんな力技なのか……？」

爆発しそうな変異種にそれ以上の力をぶつける……普通なら爆発を促しそうで絶対やりたくないいな

……。


「加減しないと粉々にしちゃうんだけどね」

ビレナの心配は別方向に進んでいた。

何はともあれ助かった……。

それにしても……さっきのカゲロウとの精霊憑依、あれくらい自分の思い描く形にコントロールできれば、本当に大きな力になるだろう。実際にはほとんどカゲロウのおかげで成立した奇跡のようなものだったので、次もやれと言われてできる自信はないのだが。

「ビレナ……。ありがとう」

「にゃはは。それにしてもリントくん、運がいいね。これを見つけられるなんて」

「この場合普通、悪い、なんだけどな」

嬉しそうに変異種を抱えるビレナからすれば、この発見も喜ぶべきことなんだろうな……。

「普通のよりぜんっぜん美味しいからね！　売ってもいいけど、せっかくなら食べちゃお？」

「そうしよう。その前に三つだけ、やっていいか？」

「ん！　また変異種を見つけたら呼んでね」

「そういくつも見つかってたまるか！」

ほんとに死を覚悟したんだからな……。

変異種のせいで死んだり瀕死の状態でギルドに運ばれてくる冒険者は多い。

そのせいだろう。死のイメージがある意味ギルやカゲロウと戦っていたとき以上にリアルだった。今も心臓がバクバクいっている。

「全部変異種だと思えば……よし、気を取り直そう」

「きゅっ！」

「キュクー！」

二匹に励まされるように採取を始める。

幸いなことにその後見つかった三つは通常種だったのであっさり収穫できた。

一つ目だけは手間取って爆発させそうになったが、キュルケが助けてくれた。あとは動きに慣れてきたので対応できる範囲だった。

よし。精霊憑依でも動けるようになってきたな。さっきの変異種との出会いも無駄じゃなかったかもな……。

「すごいすごい！　息ピッタリだね！」

「ほとんどカゲロウが合わせてくれてるだけだけどなあ」

「それでもすごいよ！」

ビレナが褒めてくれるとやる気になるな。

いや調子に乗らないように気をつけよう。

爆発果実《ダイナマイトフルーツ》さえ片付けてしまえばあとのクエストは楽だった。カゲロウの調整を少しずつ覚える必要はあったが、荒療治のおかげでかなり慣れてきていた。

薬草の採取から取り掛かっていたら半分以上カゲロウの炎で燃やしていただろうなと思ったが、割となんなく採取できたし、薬草を探している間に魔物も複数確認できた。

俺たちが食べる分を考えても有り余るほどの戦果だった。

そうこうしているうちにお昼になったので食事をすることにした。

「じゃ、いただきまーす！」

調理に取り掛かり、捌《さば》きたての新鮮な肉と採れたての爆発果実《ダイナマイトフルーツ》を簡易の食卓へ並べた。

「美味しい！」

「良かった」

料理係は俺だった。とはいえ食材がしっかりしてるから切って焼いただけでもうまいんだけどな。

塩さえあれば何とかなるものだった。

ただせっかくなので一工夫は加えてある。ずっとソロだったおかげで調理も出来るのが役に立ってよかった。その点、ビレナもソロだったわけだけど……まぁいいか。

「薬草ってこういう使い方もあったんだねー」

「貧乏人の料理に色を加えるにはこれがいいからな」

薬草はものによっては調味料になるのだ。塩だけでは物足りない部分はこれでカバーしていた。

「新鮮！　回復薬にしかならないと思ってたよー。レストランで食べるみたいだねえ」

何を作っても「おー！」「すごい！」と褒めにかかってくるビレナだったが、聞いたところによると今まではほとんど採ったまま食うしかしてこなかったらしい。何なら肉も生でいけるタイプだそうだ。

いやまあ、獣人だもんな。意識しないと忘れるけど、人間とはちょっと違った特徴もあるわけだ。

「ごちそうさまー！」

「お粗末さまでした」

「にゃははー。これだけでリントくんと組んだ甲斐があるねー」

ビレナはおだて上手だった。

その後もビレナが経験と嗅覚を遺憾なく発揮して、クエストに必要な魔物や素材を探し当てていく。場所も遠らずの草原を中心にいくらか移動していた。ギルもいるし、ビレナが手を引いて走れば距離の問題などほとんどなかったことに気づいたのは、最後の依頼の場所にたどり着いた頃だった。

「本当に一日で終わりそうだ。すごいな……」

「まあでも、私はほとんど何もしてないよ？」

その言葉通り、ビレナは誘導だけすると俺に仕事を譲ることが多かった。

ただビレナなしでは成し遂げられなかったのも事実だ。

Cランクの依頼に竜と炎帝狼というやりすぎなコンビが遺憾なく力を発揮した結果、思いの外時間もかかることなく依頼は進んでいた。途中から俺とキュルケはもはや休憩していたんだが、カゲロウが自由にのびのびやってくれたおかげで作業は止まることがなかった。

まあ本来テイマーってそんなもんだし、いいかと割り切って休憩させてもらっていたんだが、最後の難関だけは自分の力でということになった。

「リントくんもいよいよCランクになるよー！」

「実感がなさすぎる」

確かにクエストはすでにこれ以外すべて終えているし、実績としては十分だということはわかる。

Dランクは本来、Dランク向けの依頼を積み重ねて実績を積むものであって、Cランク向けの依頼は一応受けられるだけという分類だ。

だからまあ、Cランクの依頼をいきなり十個も達成してしまえば、昇級基準は十分満たせるだろう。

「ビレナがいなきゃ狩場すらわからなかったし、ギルとカゲロウにも頼りきりだからなあ……」

「にゃはは。私だってリントくんの従魔なんだから、このくらいはいいのいいの！」

そう丸め込まれながら俺は最後の依頼書を確認する。いよいよ一番厄介なクエストになる。

最後に残ったのは……。

「ツノウサギ百体の討伐」

「鍛えた成果を存分に発揮してね！」

ビレナに応援されるように、依頼主のいる村まで向かった。

◇

「どうか……どうかお願いします」

「うんうん。もう大丈夫だよー」

「まさかこんな早くに冒険者の方に来ていただけるなんて……ギルドには依頼を出したものの、これではいつ人が集められるかわからないとお話されておりましたので……」

「確かに報酬は少なかったかもね。でももう大丈夫！　ね！」

ツノウサギの討伐依頼を出した村にやってきたのだが、いきなり村人たちに囲まれていた。

村長をしているというおばあさんがひたすら低姿勢で祈るように俺たちにすがっているところを見ると、本当にどうしようもない状況に追い込まれていたんだろう。

「緊急性が高いってのは、これか……」

村の状況も、思ったよりひどいものだった。

「うん。でもここまでとは思ってなかったから最後にしちゃった……反省」

珍しくビレナが判断を誤ったらしい。いやそれでも早く来てくれたと感謝してもらっているところは、ビレナの力と、ギルという移動手段を得たおかげだった。

立役者のギルは騒ぎにならないように森で待ってもらっているが。

「この村は冒険者を歓迎するんだな」

「というより、それにすがるしかもうないって感じじゃないかなぁ」

小声でビレナと耳打ちをしあう。

冒険者に対する印象は地域によって良くも悪くも異なる。とはいえ、もともと行儀の良い存在ではない場合が多いわけだから、こうまで頭を素直に下げるのは珍しいようにも感じた。

まあでも状況によっては神に祈るより冒険者を頼ったほうが良いことも多いからな。この村にとっては今がまさにそれだろう。

「頼む……息子もやられちまった……」

「あんたらがいなかったらこの村はおしまいだ」

「頼む……頼む！」

口々にそう言いながら俺たちにすがりついてくる村人たち。その身体にはそれぞれ包帯が巻き付けられている。

村の規模の割に人数が少なく見えるが、戦力になる男手はみんな戦ってやられたんだろうな……。

「ひどいな……」

「うん……ツノウサギでここまでの被害になるなんて……」

村をよく見れば、木でできた建物は半分近くがかじられたように壊されている。

むき出しの家屋に怪我人が並べられている状況だ。

それに……。

「村長って普通、男がやるよな……」

村長の年齢が高くなることはたしかによくあるんだが、年老いた女性がやっているのは初めて見た。

通常、村長が死ぬ前に引き継ぎを行うものだが、そんな間もなく亡くなったのではないだろうか。

そして本来であれば跡継ぎとなるはずだった子供も……。

「何とかしないとね。リントくん」

「ああ」

冒険者として依頼をこなす以前に、一人の人間としてこの村の惨状を何とかしたいという思いが渦巻いていた。

――ツノウサギ百体の討伐

本来は気が遠くなるような話だが、この様子なら、周囲にはうじゃうじゃと標的がいるはずだ。

むしろ今の状況を考えれば、この付近のツノウサギをある程度まで根絶しておかなければいけないだろう。

「あいつらが来て、最初は良かったんだ。俺たちのメシに珍しく肉が加わったって喜んでた」

腕を吊った男が叫ぶ。

そうだろうな。ツノウサギは名前の通りその額から生えた一本角を持つが、強さで言えばただの野うさぎが凶暴化した程度。数体相手なら憑依のない俺でも倒せる。一体ずつであれば、普通の大人なら捕らえることも十分できる相手だ。

「でも……どんどん増えやがる。三匹を超えたら一人で対処できねえ」

「自警団が頑張ってくれてたんだがよぉ……もう手に負えなくなっちまった」

「畑のもんは全部食われる。村の外には出られねえ」

「しまいにゃ家まで食われはじめた……」

「ギルドに依頼しにいったやつが無事かどうかもわかんなかったんだ……！」

見た目以上の被害になっていたらしい。

「大丈夫。俺たちが何とかする」

ビレナが明るく振る舞うのも、村人を安心させるためだろう。

俺もまず宣言した。村の人たちはこれ以上ないというほどに感謝の意を示している。

絶対何とかしないといけない。

村の人たちが苦戦するのは無理のない話だった。ツノウサギには厄介なところが二つある。

一つ目はスピード。通常のうさぎですら捕まえようと思えばかなりの速度なのに、ツノウサギはその三倍速く、しかも逃げ回る。

だがまあ、これはいい。捕獲や討伐が難しいだけだから、生命の危険があるわけではない。

問題は二つ目。繁殖力が高く、集団化して襲われる危険があることだ。

ツノウサギは一体ずつの強さこそそこまでではないものの、気づくと囲まれてその角で突き刺される危険がある。集団化したとき強さは危険度Cランクの上位。つまり、Cランク冒険者を殺す力を持つということだ。当然ながら一般の村人に太刀打《たちう》ちできる相手ではなくなる。

そしてそれは、Dランクである俺にとっても同じだった。

「ああ言ったは良いものの……どうするか」

小声でビレナに弱音を吐いた。

「大丈夫大丈夫。リントくんはカゲロウちゃんをまとって戦うんだから！　実質Sランクだよ！」

「やっぱりそれは言い過ぎだと思う……」

相変わらずの無茶理論ではあったが、ここまでのカゲロウを見てきていると、もしかしたらという気持ちが芽生えていた。

少なくともいまの自分がただのDランクとはもう思っていない。

「キュクク−！」

カゲロウが信じろと言わんばかりに高らかに遠吠えをあげた。

そうだな……。なら俺も、覚悟を決めようか。

「ま、とにかくカゲロウちゃんを憑依しちゃって！」

「わかった」

カゲロウへ呼びかけ、再び精霊憑依を行った。

心の中で呼びかけるだけでもカゲロウは一瞬で応えてくれる。

「おおっ」

「すごい……すごい冒険者様が来てくださった」

「ありがたや……ありがたや……」

カゲロウを纏った俺を見た村人たちから何故か拝まれてしまって落ち着かなくなる。

「その姿のリントくんはもう、十分高ランクの冒険者に見えちゃうからね」

「そうなのか？」

「その状態でツノウサギが襲ってきても、リントくんが怪我しないどころかツノウサギの方が燃えてなくなるから」

「全部燃えてなくなっちゃうと、依頼が達成できないんだけど」

いくら村の助けになるとは言え何も残らないのはそれはそれで困る。

ツノウサギ討伐の証明には角が必要だ。それにツノウサギは皮や肉にも利用価値がある。どうせなら倒した分を無駄にしたくない。

「大丈夫大丈夫！　角は残る、と思うよ！　リントくんが出力をコントロールできれば大丈夫だよ！」

「その練習も兼ねてってわけか……」

「うんうん！　じゃあいこー！」

「お願いします……どうか……どうか……」

「大丈夫だよ！　すぐ片付けてきちゃうから！」

「お二人の姿を見ればいらぬ心配かと思いますが、どうかお気をつけて」

「はーい！」

村人たちの見送りを受け、ビレナが動き出したのを見て俺も慌てて追いかけた。去り際、突然目の前から姿を消したビレナに目を丸くする村人たちの姿が目に入った。


「早速発見！」

追いかけはじめてすぐ、ちょうどいいタイミングで一匹のツノウサギが俺たちの前を横切った。

「リントくん！　いっちゃえ！」

「あ、ああ！」

慌てて見つけたツノウサギを追いかけようと手をかざすと、勝手にカゲロウの一部が飛び出して逃げる間もなくツノウサギが焼失した。骨も遺さず。

「嘘だろ……」

「にゃはは。カゲロウちゃんも気合が入りすぎたねえ」

肩から顔を覗かせるミニカゲロウが申し訳なさそうにシュンとしていたが、ビレナは気にする素振りもなく撫で回していた。ちょっとシュンとなったカゲロウは顔だけの状態でも可愛らしい。

俺も一緒に頑張ろうという気持ちを込めて撫でる。

「大丈夫。もう依頼のためとかじゃなく、なるべく早くツノウサギを減らしたほうがいいから」

「キュクー！」

もう今更、依頼がどうこう言っている場合ではない。

俺たちは村を助けるために狩りをするのだから、一匹や二匹の素材を逃しても気にすることはない。

「ほら！　次が来たよ！」

「カゲロウ！」

「きゅっ！」

「キュルケ⁉」

二匹目、今度こそと思ったがカゲロウより先にキュルケが動いた。

キュルケの体当たりはうまいこと加減がされているようで、ほとんど傷もないままツノウサギを捕らえていた。

「すごいな」

「きゅっ！」

得意げに胸を張るキュルケと、何故か対抗意識を燃やすカゲロウという構図になった。

「わかったと思うけど、心配するのは自分の安全じゃなくて加減が出来るかどうかだからね」

「ああ……」

本当にそうみたいだ。

「とにかく村を助けるためにはたくさん倒さなきゃだから、最悪私が百体分の討伐証明は集めるから」

「その方がいいな……」

それが確実だ。それなら俺も役に立てる。

「でもねリントくん」

「ん？」

ビレナが笑ってこう言った。

「リントくんが強くなれば、村の人たちはもっと安心するよ」

「安心……」

「うん。終わった時、たくさんツノウサギの素材があればさ、それだけ倒したんだってわかりやすいから」

「そうか……」

たしかにそうだ。

俺に課せられた依頼はツノウサギの百体の討伐、それだけだ。

だがそれだけで良いはずがない。

ツノウサギを村に被害をもたらさない数まで減らす。そして何より、それを村の人たちに伝えて安心させてあげないといけない。

きっと旦那も子供も失ったはずの老婆が、気丈に村長として村人の前に立っていた。

戦える男たちはみんな、腕を、足を、時には命を投げ打ってでも、村を守るために戦っていた。

決死の覚悟でギルドに依頼を届けた村人もいた。

その想いに応えるのが、冒険者というものだ。

「わかった！」

巣の目星はビレナにつけてもらってある。

ペースよく現れるツノウサギを見ると、日が暮れるまでに十分に百体以上は出てきそうだなと感じた。今日のうちにビレナが示した巣穴を根絶しなければならない。

「行くか」

「きゅっ！」

「キュクー！」

二匹と息を合わせて現れるツノウサギを狩っていく。

ギルにも参加してもらえればいいのだが、いかんせん大きすぎてさすがにツノウサギも逃げ惑う。

オーラの問題ではなく単純なサイズの問題なので今回は留守番だ。

幸いカゲロウのおかげで視界に捉えさえすれば仕留めることは出来る。徐々に加減を覚えたおかげで回収できる部位も増えてきていた。

途中から解体作業はキュルケに任せることにして、ややこしいものはそのまま収納袋に入れていくことにしてスピードを上げた。

ほんとに収納袋ってすごいな……。これは大金が飛び交うのもうなずける。

Bランク以上の冒険者なら、効率を考えれば借金をしてでも持っていたほうが良いこと言われることが理解できた。

「ほんとにビレナ様様だな」

「きゅっ！　きゅっ！」

「もちろんキュルケも助かってるからな」

解体作業をしているキュルケからも褒めろと声が上がったので撫でてやった。

満足そうで何よりだ。

その後、お互いに加減がわかってきて楽しくなってきたところ、ツノウサギの討伐数も百に迫ろうかというタイミングで初めて、ミスらしいミスを犯した。

いやむしろこれまでがよくやれていただけだな。

「囲まれたな」

「きゅっ……！」

ツノウサギの大量討伐のクエストなのだから、こうなることは予想できていた。

逆にこれまでそうならないようにうまく立ち回れていたことが良かったと思わないといけない。

「大丈夫」

見たところこれが最後。追い込まれたのは向こうのはずだ。

これまで逃げ回るように動いていたが、今回はその様子もない。

白いモコモコした生き物が震えながらこちらを睨む様子だけを見れば、かなり可哀想な気持ちもある。

だがここまで戦っていればわかる。あれは本来の姿ではない。

「いくぞ、カゲロウ」

「キュクゥゥウウウ！」

カゲロウが遠吠えをあげたのに合わせるように、ツノウサギたちが動き出した。

角が妖しげに光りだしたかと思うと、すぐさまツノウサギたちが地を蹴って、縦横無尽に駆け出してくる。

スピードに乗ったままこちらに飛び込んでくる無数のツノウサギたち。キュルケと役割分担をアイコンタクトで済ませ、意識を集中する。

「よし！」

「キュクー！」

カゲロウと息を合わせていく。

今できることは歩く、走る、腕を動かすといった基本動作だけだ。

走りながら攻撃をしたり、逃げながらガードすることは難しいことがわかっている。今ここで取るべき手段を相談して、一つに絞る必要があるわけだ。

「来る！」

まず一体目。その場に留まり、腕を振り下ろす。

思わぬ角度、スピードで攻撃を加えられたツノウサギはバランスを崩し、周囲にいた仲間を巻き込みながら地面に叩きつけられた。

良かった。慣れないうちは一撃でバラバラになったりスパッと半分になったりしていたからな。

加減を覚えられたことに対する喜びを一瞬だけカゲロウと共有する。カゲロウもこころなしか嬉しそうだった。

「言ってる場合じゃないな。跳ぶぞ！」

応えるのを待たず今度は足に力を集中させる。

飛び込んできたツノウサギたちを尻目に空中に身を投げ出す。

第一陣はこれで躱しきれたことになる。

と、ここで第二陣が空中へ向けて地を蹴るのが見えた。

「頼むぞ」

「キュキュー！」

向かってきたツノウサギの数は十数匹。自分の身を守るために炎を使うと、逆にツノウサギたちが耐えきれず焼失することがわかっていたのでそれは出来ない。

「キュクゥゥゥ！」

カゲロウ頼みの攻撃ではあるが、それぞれに必要最低限の魔力を球にしてぶつけることで空中で叩き落とすという手段を取った。

ちなみに魔法が使えない俺にとっては未知の感覚なので、ほとんどのコントロールをカゲロウに任せている。

俺に出来ることは相手の力量を判別して、それぞれにどの程度の魔力をぶつけるか指示するだけだ。同じツノウサギでも個体によって耐えられる威力は違う。

「うまくいった！」

だが油断する暇もなく第三陣が準備を整えている。着地の瞬間をつかれると面倒だ。

生身で跳ぶには無茶がすぎる高さまで跳ね上がっているから、着地にもエネルギーを割きたい。

だがそうすると次に飛び込んでくるやつらの相手をどうするのかという話になるが……。

「きゅきゅっ！」

「助かる！」

本当に気が利く相棒だった。

すっと俺の前に入ったキュルケが、その小さな身体を光らせて準備に入っている。

「きゅきゅきゅぅうううう！」

なぜかはわからないが、光ったキュルケには攻撃を弾き返す力があるらしい。

飛び込んできたツノウサギを一度に弾き飛ばす。その間に余裕を持って着地した俺たちがまた、吹き飛ばされたツノウサギたちにトドメを刺していく。

ついでに控えていた第四陣にも打撃を加えた。

これで残り、十。

「ここまでやればあとは……！」

逃げるべきか迷い始めたうさぎたちに、初めて先手を打つ。

地を蹴って走り出した俺の、正確にはカゲロウのスピードには付いていてこられなかったらしい。

すれ違いざまに二匹を倒して残り八。

「っ！」

逃げられないことを悟ったツノウサギのうち三体が同時に飛びかかってくる。

大丈夫。両手と、ミニカゲロウが動いてくれれば三体は対応できる。

「キュクー！」

「あと五！」

「きゅきゅっ！」

叫ぶと同時にキュルケがこちらに意識を奪われていたツノウサギを強襲した。残り三。

残ったツノウサギが後退りをする。

可哀想だがここで終わるとまた無限に増えるのがうさぎの類《たぐい》の特徴だからな……。

一度根絶したってまたどこからともなくやってくるのがこいつらだ。可哀想だけど……いや、ちょっと試してみるか。

「テイム」

完全に優位に立っている。彼我《ひが》の実力差をわからせた上でのテイム。これなら成功するかと思ったが、結果は――

「だめか」

角を光らせた三匹のウサギが決死の表情で飛び込んできた。

それぞれを倒すのに必要な魔力量を調整してカゲロウに伝える。

「カゲロウ」

「キュク！」

これまでを思えば実にあっさり、三匹を倒しきった。

「テイムの条件……難しいな」

「あ、終わった？」

色々考えようかと悩み始めたところでビレナが顔を出した。

収納袋があるから手ぶらではあるが、何となくこちらの数倍は倒していることは想像できた。

だというのにビレナはケロッとした表情でこう言った。

「ちゃんと強くなってる！　流石リントくんだね！」

「ありがとう……？」

「にゃはは。実感がないって顔してるけど、これだけ出来たら普通にBランクだからね！」

そう言われて辺りを見渡せば、優に百は超えるツノウサギたちがそこには転がっていた。

俺も少しは……強くなれたのだろうか。

「じゃ、転がってるのを回収して戻ろっか」

「ああ」

まだ温かいまま横たわるツノウサギたちの角だけとりあえず回収し、あとの作業は一旦放置して収納袋にしまい込んでいく。

さっきツノウサギをテイムできなかった理由があるとすれば、これだけバタバタと仲間を倒されたのを目の前で見たからだろうな。

確かにあのとき、キュルケやギル、カゲロウのときのような何かを感じ取ることが出来なかった気がした。

この辺りのことも徐々にわかってくる部分があれば良いなと考えながら、目の前の作業を終わらせ、報告のために村に向かった。

◇

何やら村が騒がしいことになっていた。

「どうしたんだ？」

「これはっ！　冒険者様……！」

「くそっ！　話がちげえじゃねえか！　くそがぁ！」

「何だあれ……？」

物珍しそうに村人たちに囲まれた一人の冒険者らしい男がいた。

全身傷だらけで倒れた状態で、だが。

「くそ！　おい！　お前ら見てねえで助けろ！　俺様はBランク冒険者だぞ！」

またよくわからない高ランクを見つけてしまったな……。

「どうする？　ビレナ？」

「ほっといてもいいんじゃない？」

「おいふざけんな！　てめら許さねえぞ！　俺様にはあのヴェルモンド大商会がついてんだ！　お前らなんて――」

「で、そのスポンサーにこの様子見られたらどう言い訳するの？」

「それは……」

ビレナの言葉で一瞬だけおとなしくなる男。

その隙にビレナが俺に説明してくれた。

「ヴェルモンド大商会はわかる？」

「ああ……」

俺でも名前のわかる大商会、という認識程度だが。

「商会がスポンサーにつく冒険者は、ギルドだけじゃなく商会の依頼で動くこともあるの」

「それで……？」

「今思い出したんだけどここ、マクロン地方だから。多分マクロンカボチャの契約の話のために来たんだと思うの」

マクロンカボチャって……王都で普通の野菜の三倍くらいの値段で売られてたな。

「くそ！　ツノウサギ一匹にこれっぽっちしか払えねえ村を助けに来てやったんだぞ！　俺様は」

あっけにとられていた男が息を吹き返したように叫びだした。

「そうなのか？」

真偽を村長に問いかける。

「ええ……お二人が出発して間もなく、この御方もやってこられました。ヴェルモンド大商会とは定期的に取引をしております。ギルドと同時に要請は出しておりました。救援を……」

「そうだ！　俺は頭を下げられて来てやった！」

「ですが……我々の出した条件の三倍の金額を突きつけられ……止める間もなく」

「えー……じゃあ勝手に条件を上げて、勝手に飛び出して……これってこと？」

ビレナの直球が倒れた男に突き刺さっていた。

「というか、冒険者が直接、条件を吊り上げするのってそれだけでかなりの違反じゃあ……」

「で、そこまでしといてこんなザマで帰ってきたと……」

「だあああ！　うるせえぞてめえら！　百匹倒しゃいいって話だっただろうが！　あんないるなんて聞いてねえよ！」

「確認しなかったのが悪いねえ」

「俺様はBランクだぞ！　それもヴェルモンド大商会から直々にこの地の視察を頼まれてんだ！　俺の口から出る言葉一つで、こんな村なんかなあ！」

男が口に出せたのはそこまでだった。

ビレナが冷たく一言、こう告げた。

「瞬光」

「え？」

「聞いたことない？　『瞬光』のビレナ」

「それって……Aランク冒険者の……？」

「いまはSランクだけど。で、ヴェルモンド大商会だっけ？　私から言っておくね。村人から無理やり金を巻き上げようとしたのに無様にやられて喚《わめ》いてたって。うんうん。それだけ目立てば確かにスポンサーとしては満足かもね？」

「いや……ま、待ってくれ」

男の表情が明らかに歪んでいた。

「ん？」

「待ってくれ。いや待ってください……まさかSランク冒険者様の狩場だったなんて……えっと……」

「にゃはは。気にしてないよ。じゃ！」

「すみません！　商会にはこのことは……」

「んー。まあいいけど？」

「ありがとうございます！　ありがとうございます！」

「あーあと、そんなところで寝てたら邪魔だよ？　ポーション売ってあげようか？」

「いいのですかっ！　ありがとうございます！」

あ……と思ったときにはもう遅かった。

「はい。じゃあこれ、しっかりお金、払ってね」

どぼどぼと怪我をした自称Bランク冒険者に一ビンまるごとポーションをかける。みるみる傷口がふさがり、その奇跡的な回復力に周囲の村人たちは感嘆のため息をこぼした。

はじめは回復された冒険者もその回復力に驚きつつも喜んでいたが、ビレナが置いたビンの表記を見て真っ青になった。

「え……？　これって……」

「特級ポーション。知ってるでしょ？」

「ええ、まあ……」

「ヴェルモンド大商会も扱ってたはずだし、そのまま返してくれればいいから。どっかのギルドに預けといて」

「いや……えっと……」

男が焦る気持ちがわかる。

特級ポーションはスポンサー付きのBランクでも手の届かない高級品だ。それを知らないうちにドバドバと使われたのだ。だが相手はSランクのビレナ。文句の言いようもない。

「じゃ」

「あ……」

声を発することもできず、怪我は治ったはずなのに、相変わらずその場を動けず地べたに寝そべったまま、男が絶望に顔を染めていた。

◇

「これでこの村は大丈夫！」

報告にやってきたのはもう日も落ちてからだというのに、さっきの騒ぎも相まって村人が総出で出迎えてくれていた。

「まさか一日で⁉」

ビレナの言葉に村人は信じられないと驚愕の表情を浮かべていた。

Bランクでも油断すればやられる相手だし、普通の村の人からすれば信じられないのは当然だろう。

「リントくん、倒した証拠、出してあげたほうが安心するんじゃない？」

「ああ……」

さっきビレナが言ってたことがここで生きる。

収納袋からツノウサギの角と、状態の良い素材を取り出して並べていく。

「嘘……」

「これだけの量……」

「我々が考えていたよりも遥かに多い……」

出てくる量に戸惑いを隠しきれない様子だったが、村長が皮切りとなって何故か拝み始めてしまった。

「あの……！　お名前をお聞かせいただけませんでしょうか！」

「奇跡だ……！　神の使いだ！」

「いやいや、そんな……」

村人たちの反応に戸惑うが、そんな俺を見てビレナは微笑ましそうに眺めるだけだった。

「とりあえず、これは村のみんなで食べてくれ」

討伐の証となる角以外は大部分を村におすそ分けすることにした。

これだけの数だとギルドも買い取りに困るだろうし、村も大変な状況だったみたいだからな。

大体二十四目くらいから角以外の素材も残せるようになり、最終的にはほとんど傷なく仕留められるようになっていた。

味はうさぎと同じだから美味しく食べてくれるだろう。

「そんな⁉　倒してもらっただけでももはやお礼のしようがないというのに」

「気にしなくていいから……」

そもそも村の様子を見れば、ギルドに支払った依頼料でかなり大変だったことがわかる。

そこから無理やり搾取しようとは思わない。それに俺にとっては、この依頼そのものに意味があったのだ。

「これでCランクは確実だねー」

「流石にここまでやればそれなりに実感が湧く」

ツノウサギは本来、上限を百としてこの地域での討伐を依頼されていたものだ。

報酬はそこまでしか約束されていないが、それでも害獣に指定された動物であり、依頼も出ていたことから、討伐証明さえあれば何体でもギルドでの評価にプラスになるであろうことが想像できる。

そういう意味でこのクエストの存在は大きかった。

「というわけで、気にしないでいいからもらってくれ」

「村に少しでも若い娘がいればお礼の一つもできたのだが……」

村長の言葉に思わず反応してしまう。

「にゃはは。好きだねえ、リントくん」

「いやいや……そういうわけじゃ」

「まあ何にせよ、こんな可愛い子と一緒にいる殿方にそんなことさせられんな」

私は別にいいけどとか言い出しそうなビレナに喋らせる前に話を変えることにする。

「とりあえず、これで依頼は終わり。これを復興に役立ててくれれば嬉しいよ」

「何から何までありがとうございます……もしまたこの近くに立ち寄られることがあればぜひ。この村で出来ることは何でもいたしましょう」

「ありがとう。ついでだしもうちょっと置いていくけど、消費しきれる？」

こんなに持っていても仕方ないので置けるだけ置いていこうとしたら目を丸くして驚かれた。

「良いのですかっ⁉」

「良いって良いってー」

なぜかビレナが答えながら収納袋に手を入れていた。

そっちにどれだけ入ってるかはわからないけどな。

「ありがとうございます！　この御恩、一生忘れません。いまは金も何もない村ではありますが、ぜひ今後、何かの際にお立ち寄りくだされ。この施しを後悔させないだけのお返しを、必ず」

「おう！　そうだ。絶対来てくれ」

「名前覚えたぞ！　活躍してくれよ！」

結局村人たちから思い思いに、家にある消耗品やら何やらをこれでもかと押し付けられるように持たされることになった。

そして何より……。

「こんなものしかなくて申し訳ないのですが……これが唯一、村から出せる価値あるものです」

村長が運ばせてきたのは、特産物であるマクロンカボチャだった。それも数がとんでもない。貯蔵していた小屋まるごと渡される勢いだ。

あまりに多かったので正規の金額で買い取ろうとしたんだが、それも断られた。

「これ、多分あげたツノウサギより王都で売ったら高くなるよ？」

「何もない田舎の唯一の誇りがこれにございます。それもほとんどツノウサギにやられて困っていたところでしたが……」

「それこそ売ったほうがいいんじゃないのか⁉　復興には金も時間もかかるだろうに」

ビレナの言葉を聞いてなおさら正規の金額を払いたくなるが、頑なに受け取ってもらえなかった。

「いまの我々にはその王都まで行く手段も金も、色々なものがございません。それができるのもまた、あなた様の力なのです」

「そうか……」

確かに通常は輸送だけでかなり危険は伴うだろう。

こんな田舎の村から運んでいけば値打ちも上がるか。

「結局十分にお返しをもらってしまった」

「それだけリントくんが頑張ったってことだよ！」

「だといいな」

帰り道、依頼の他に無制限討伐対象の魔物をいくつか練習を兼ねて倒していったが、夜までに何とか、ビレナが提案した五体の討伐をすべて終えることができた。移動手段の存在も大きかったが。

「んふふー。じゃ、近くのギルドに納品して、宿とって今日もしよっか」

夜モードに入ったビレナと俺の分身を何とか鎮めながらギルド《ギルド》のある村へ向かう。

ドラゴンを小さな村で連れ回すわけにもいかないのでギルとは朝に待ち合わせをして解放し、途中から徒歩でギルド支部のある村を訪ねた。

こうなるとそのうち、『魔物召喚』も覚えたいな。そう簡単じゃないとは思うけど。

「しっかしリントくん、一体どこでこんなにテイム技術を高めたの？」

「別に特別なことはないぞ。拾った文献を見てテイマーのスキルを覚えただけだし」

「え……？」

ビレナが驚く顔は初めて見たな。

「拾った文献って、もしかしてだけど、こんな模様が描いてなかった？」

「ああ！　それだ！」

懐かしいものを見た。ビレナが取り出した本に書かれた模様は、まさに俺が拾った文献の表紙にも描かれていたものだった。

「色々納得した……」

「それが何かあるのか……？」

「うん……えっと……どこから説明しよっかな……」

ビレナが真面目な顔をしているのは初めて見るような気がする。これはこれで綺麗だな。

「にゃはは。そんなに見られると恥ずかしいなぁ……」

「ああ、ごめん」

ちょっと見惚《みと》れていたこともあって気まずい雰囲気で目をそらした。

「ふふ。その本だけどね、『星の書』って言われてるの」

「星の書……？」

初めて聞く名前だった。

確かに模様は見ようによっては星型に見える。

「伝説の賢者が残したとも、神が書いたとも言われる本なんだよね」

「は……？」

嘘だろ？　地元の、誰も入らない古びた洞窟の奥に捨ててあったぞ。

何なら周りに卑猥《ひわい》な絵本も捨てられてるくらいのところに。

「ちなみにその本はどこに？」

「汚いからそのまま洞窟の中に置いてきた。読んだから別にもういいかと思って」

「にゃるほど……」

そんな価値のあるものならもう少し大事そうにしておいてほしかった。

「一回リントくんの故郷、行ったほうがいいね」

「えらい早い里帰りになるなぁ」

「ま、すぐじゃなくていいんだけどね！　でも故郷に帰るくらいの箔《はく》は十分ついたでしょ？」

Sランク冒険者とパーティーを組んで、ドラゴンテイマーになったと言えばそうだろう。いや冷静に考えると意味がわからないな。

絶対信じてもらえないだろ。

「両親にも挨拶しなきゃかー」

「いや、両親はいないからそれは大丈夫だ」

「そっか。そうなのか。一緒だねえ」

「一緒か」

こんな話は珍しくない。うちは事故だったが、長年生きてる獣人のビレナともなればもう、何があっても不思議ではなかった。

「じゃあ、リントくんの故郷に行くか聖女のところに行くかはまた後で考えよっか！　ついでにBランクにしようね」

普通はついでで行けるような話ではないんだが……。

ビレナと一緒にいる以上、普通という言葉は忘れたほうが精神衛生上良いだろうな。


最寄りのギルド支部があるのはガイエルという村だった。村の規模は辺境のフレーメルと比べても小さく見える。

「こんな時間でもやってるんだな。小さい村のギルドでも」

「にゃはは。まあ夜に来る冒険者は多いからねぇ」

機嫌良さそうにビレナが笑って答える。

王都はもちろんフレーメルに比べても小さく、少しボロが出ている平屋ではあるが、これでもしっかり冒険者ギルドの機能を持っているようだが。

「はぁ……たまにいるんですよね」

そこの受付嬢、ミラさんの言葉がこれだ。

今回の目的はビレナが受けてくれたCランク向けの依頼十個と、その他自由納品依頼の報告だ。ビレナがいるため納品に関して問題なく換金してもらえたし、達成報酬ももらえたんだが、問題は俺のランクだった。

ミラさんは金髪のふわふわした髪を指でいじりながら、いかにも面倒くさそうにそう言った。一言で言えばまあ、とても態度が悪かった。

でも全体の顔立ち、スタイル、どれをとってもまさしく美女で、そのおかげかどうか、俺はそこまで不快になっていない。

ビレナがどうかわからないのが怖いけど……。さっきまでは機嫌良さそうにしてたし大丈夫だと思おう。

「実力もないのに昇級しても仕方ないですよ？」

「でもリントくん、ドラゴンテイマーだよ？」

「いくらSランクの冒険者でも、ギルドに嘘はいけませんよ」

取り付く島もない。確かに今は手元にドラゴンもいないからな……。

だが納得のいかないビレナは食い下がる。

「これだけクエストをこなしたのにダメっておかしいじゃん！」

「はぁ……。ビレナさんはずっとソロで進められていたようですので特段審査は必要なかったのですが、このようにパーティーメンバーに甘えてランクを上げようとする冒険者を止めるために、ギルドにもルールがあるんです」

「どうすれば認められるんだ？　その審査ってのを受ければ良いのか？」

これ以上ビレナが対応すると揉めると思ったので俺が前に立った。

ミラさんがため息をつきながら答える。

「どうしてもというのでしたら、明日の朝、個別の昇級試験を実施しますよ」

「昇級試験……？」

「はい。本当にドラゴンテイマーだというなら、明日の朝連れてきてください。それだけでもCランクくらいならいくらでも認めますから。何ならBランクやAランクの推薦状も書いてあげますよ。ドラゴンなんていればの話ですけどね」

「なるほど……」

とにかく実力もないのに昇級させるわけにはいかないとの一点張りだったので、明日試験官を呼んでもらい試験をすることになった。

まあもう遅い時間だし、いずれにしてもこの村で一晩は明かすつもりだったから明日になるのはいいんだが……。一つだけ、ちょっと心配なところがあった。

「ドラゴンが朝に間に合うかわからないな」

ギルには昼までに来てくれという曖昧な指示しか与えずに別れているからな。

今からわざわざギルをこちらから探しに行くのも少し大変だ。

「あー、はいはい。そしたら別にドラゴンはいなくてもいいですよ。とにかくCランクとしてやっていけるかどうか見るだけですから」

「なら良いんだけど……具体的に何をするんだ？」

「簡単です。試験官と戦って、Cランクの実力ありと認めさせればいいだけです」

「勝てば良いのか」

「ギルドの試験官は元Bランクの冒険者ですよ？　勝てるはずないじゃないですか。文字通り、認めさせればそれでいいです」

基準が曖昧というか、その言い方だと困るな。

「勝つのは難しいにしても……一撃を入れられたらとか、わかりやすい基準はないのか？」

「はぁ……。でしたらそれで構いませんよ。とにかく今日は帰ってください」

言質《げんち》はとった。

終始面倒くさそうな態度の悪い受付嬢だが、でも顔は良いんだよなぁ。

「じゃあ明日の朝に」

「良いんですね？　痛い目に遭うかもしれませんよ？」

「Dランク相手にそんな必死になるような強さじゃないんだろ？」

「そうですね。ですが、もうこんなことをしたくなくなるくらいには痛い目に遭わせるのも試験官を行う人間の役目ですので」

「そうか。まあまた明日、ここに来るよ」

これ以上はビレナが限界を超えかねないのでとにかく受付を離れることを優先した。

◇

「もー！　私のときはあんなことなかったのに！」

最後まで挑発的な態度をとっていたミラさんに、ビレナが軽い苛立ちを見せる。

「テイマー相手だし、仕方ないだろ」

「むー……田舎ってここまでなんだねえ……」

王都ギルドで最初にあった情報屋、ディグルドも言っていたが、忙しいところほど一人一人に構ってる余裕がなくなって、結果的に差別や偏見はなくなるようだった。

「まあいいや！　今日はいっぱいシて忘れようね？」

「いや、俺明日早いから……」

「どんなプレイが良いかな⁉　あの宿も泡風呂が使えるって書いてあったよ！」

「それは……ありかもしれない」

この前のも良かった。

高まる期待に胸を膨らませながら宿に向かった。

◇

翌朝、言われた通りギルドに来ると、すでに外に昨日の受付嬢と屈強な男が立っていた。

ビレナはまだ寝かせておいた。最初は俺だけでも何とかなるだろうから。

「はぁ、やっぱり竜なんて嘘でしたね」

「朝は来ないって言っただろ？」

ギルとつながりはあるので何となくわかる。多分いま向かってるところだろうか。

まあ別に急いできてもらう必要もないので特に何かするつもりもなかった。

「はいはい。で、竜が間に合わなかったとか言い訳してもいいですけど、ランクは上がりませんよ？」

とことん態度が悪い受付嬢だった。顔が可愛くなかったら腹が立っただろう。

顔が可愛いのでまあいい。いいよね？

きれいな金髪がふわっと風に舞い、それを嫌がるように押さえつけていた。

「で、そっちの人を倒したらいいのか？」

「まさか。この人は元Bランクの冒険者ですよ？　あなたが倒せるはずないでしょう。試験官が認めれば合格。昨日言ったとおり、一撃入れたら合格で良いですよ」

よし。ちゃんと予定通りだ。

見ると男の浅黒い肌には無数の傷があった。一見すれば歴戦の冒険者だったようにも見えるが、実は俺は昨日ビレナからこの試験官の話を聞いていた。


「今思い出したんだけど、ここで試験官やってるのって多分、ギュレムだ」

「ギュレム……？」

「うん！　昔ちょっとだけ訓練してあげて、すぐ音《ね》をあげちゃった子だねえ」


そのギュレムは今、ボサボサの髪をかきあげながらこちらをあからさまに見下していた。だが俺は知っている。ビレナが来た時この男が震え上がることを。

だからビレナと話して少しイタズラをすることにしたのだ。昨日からの態度の悪さを改めてもらうきっかけにしようということで。

仮にも元Bランクであれば、カゲロウもキュルケもある程度力を出しても良いかもしれないしな。

「テイマーなのにまともな従魔なしか……悪いことは言わないから地道にやったほうがいいぞ？　聞いた話じゃ無理やり上のランクのやつに手伝わせたらしいが」

「んー……やっぱり美少女以外に馬鹿にされるのはちょっと腹が立つんだな」

「きゅー」

昨日出てきていたのが可愛くない相手だったら、俺とビレナが『イタズラ』で済ませたかわからないな。

俺とキュルケの態度にギュレムは不思議そうな顔をする。

「は？」

これもまあ、テイマーだから仕方ないか。フレーメルでもテイマーは冷遇されていたし、王国全体で軽視される傾向にある。

同じ補助職側でもヒーラーだったらわざわざこんな手順にはならなかっただろう。

従魔なしでは何もできない雑魚、パーティーの足手まとい、他者の力を借りるしかない無能――。

それがテイマーの評価だ。

まあその通りな部分も大いにあるけどさ……。

ビレナに言わせれば、「それだけじゃないってところを勉強させてあげて」とのことだった。

「で、もう始めていいのか？」

Bランクとはいえ冒険者だった頃の力はない。当然衰えている。

それに昨日、ビレナに基本的な情報は聞いているのだ。この条件なら正直、負ける気はしなかった。

きっと引退してからろくに動いていなかったんだろう。筋肉質な身体つきは立派だが、それに伴う強者特有のオーラのようなものはもう、消失してしまっていた。

「はぁ……どうしますか？　ギュレムさん」

試験官として呼ばれた男はやはりギュレムというらしい。

「こういうやつは一回痛い目に遭わせりゃいいだろ」

奇《く》しくもビレナと俺と同じ考えで、ギュレムは剣を構えた。

「わかりました。それではこれより、冒険者リントのCランク昇格試験を開始します。始めっ！」

改めて男を見つめ直しても、ビレナの情報通り、大した実力には思えない。強さでBランクにたどり着いたわけじゃないらしいからな。本職は確か、シーフだったはずだ。

昨日のクエスト達成のための特訓ももちろんだが、一日中間近でSランク《ビレナ》を見ていたせいか、ランクだけで言えば格上である相手でも冷静に相手することができそうだった。

構えることもなく棒立ちのギュレムが声をかけてくる。

「おう、どうした？　とっとと来い」

「一応確認だが」

「何だ今更」

隙だらけの男にカゲロウを差し向ければそれで終わるは終わるのだが、念の為確認する。

「テイマーの場合、俺の従魔が一撃くわえたらそれでいいんだな？」

「そりゃそうだ。お前らにとってそれが武器なんだ。遠慮なく使え。見たところそのふわふわした弱そうな生き物だけだろう？」

「今いるやつはな」

カゲロウはすぐ呼べる。ギルも向かっている。

何ならドラゴンの数倍怖いビレナという猛獣もそろそろ起きる。

自分以外の味方が恐ろしいほど強いと改めて認識させられた。

「ったく……まだドラゴンだ何だとか言ってんのか……んじゃ、ドラゴンとやらが来る前に痛い目に遭ってもらおうかっ！」

地を蹴りようやく構えた剣をこちらへ向けて振りかざす試験官、ギュレム。

ビレナの動きを見ていたおかげだろう。その動きは目で追ってからでも対応できる速度だった。

「キュルケ」

「きゅきゅー！」

「馬鹿が。悪いが従魔にまで手加減はしねぇぞ？　死んでも恨むなよ」

向かっていったキュルケを叩き斬らんと剣が振るわれる。試験用に刃を潰しているとはいえ、普通の魔物相手なら確かに致命傷にはなり得る攻撃だった。この辺りはさすが腐っても元Bランクだなと思う。

だがそれでも、うちのキュルケを倒すには至らない。

「なっ……」

キュルケに向けて横薙ぎに振るわれた剣は、羽毛に覆われた身体に当たった瞬間ピタリと動きを止める。

当然だ。今のキュルケは危険度Sの魔物だったカゲロウの攻撃を防ぐのだから。……何でか知らんけど。

「馬鹿な……」

「そんだけ隙だらけじゃ一撃どころの騒ぎじゃないだろ。もういいか？」

ここで終わるならそれでも良いと、ビレナからは言われている。

「ふんっ。従魔は強かろうが一匹。今からお前が攻撃してこようが俺には届かねえよ。やってみるか？」

「はぁ……」

仕方ない。イタズラ開始だ。

『精霊憑依』

呟くと同時に周囲に風が吹きすさぶ。

一拍遅れて現れた炎は、徐々に俺の身体に纏わりついていく。程なくして全身を炎の鎧が覆った。

「何だ……それ？」

「いくぞ」

唖然とするギュレムに接近し、持っていた剣を蹴り飛ばす。

やっぱり憑依があるのとないのとじゃ、身体の軽さが違う。攻撃がうまくいって良かった。……というか、加減がうまくいってよかった。

勢い余って突進してしまってたら、ギュレムはもうこの世にいなかっただろうから……。

「ひっ……」

短い悲鳴を上げたのは性悪受付嬢、ミラさんだった。

蹴り飛ばした剣は狙い通り、まっすぐミラさんの耳元をかすめて地面に突き刺さっていた。

間近で衝撃を受けたミラさんが尻もちをついて涙目になっている。やりすぎたかもしれない……。

でも今はギュレムの方だな。

「いまので一撃でいいのか？　ああでも、やっぱりちゃんとした一撃を入れないと駄目か」

「待て！　待て待て合格だ！　だから拳を引っ込めろ！」

「本当にいいのか？　一撃くらい与えておかないと、なぁ？」

顔を出したカゲロウをギュレムに近づける。

「ひっ……か、勘弁してくれ……悪かった、俺が悪かったから」

ギュレムが尻もちをついたところでビレナが現れた。近くで見ていたんだろうな。

「にゃはは。勉強になった？　相手を見た目だけで判断しちゃいけないって、あんなに教えたのにね？　ギュレム」

伸びをしながらビレナが歩いてくる。

その様子を見たギュレムが口をパクパクさせていた。

「は……？」

「久しぶりだね」

「先生……⁉　いやそれよりこいつは一体……」

「ん？　私のご主人様。あ、まだ試験中？　じゃあ私が戦ってもいいんだよね」

まあ厳密にいえば審判役であるミラさんが止めてないからまだ試験中だな。

こちらも尻もちをついてプルプル震えているだけで終わらせられないだけみたいだが。

「なっ、パーティーでの参加を認めたら意味がないだろう⁉　先生はそこで……へぶっ」

「ん？　テイマーの試験に従魔使ってダメなわけないでしょ？」

殴ってから声をかけるな。首が変な方向向いてるし聞こえてない絶対。

仕方ない。無事な方《ミラさん》に声をかけよう。

「いまので大丈夫だよな？　試験」

「ひっ……」

「いやそんな怖がらなくても……あぁ、こっちか」

受付嬢の視線の先には、黄土色の巨大なドラゴンがいた。

「あ、ちょっと遅かったねぇ。ギルちゃーん」

ビレナが早速じゃれつきにいく。

「そんな怯えなくても、見たとおりうちの従魔だから」

そう声をかけてもしばらく、カタカタと身体を震わせて喋れなくなるミラさん。

不意にビレナがクンクン匂いを追いかけるような仕草を見せ、ある一点を指差した。

「あ……」

指差したミラさんのスカートの辺りに、水たまりが出来ていた。

◇

「「すみませんでしたぁっ!!!」」

その後、着替えを含めて諸々が終わったところで、二人にすごい勢いで頭を下げられた。

「にゃはは。いいよいいよ、その話は後でね」

なぜか俺の代わりにビレナが対応する。

ちなみに「後で」と言われて二人とも少し血の気が引いていた。可哀想に。

「すぐに昇級……Bランク、いえ、Aランクにでも」

「いやいや、普通にCランクに上げてくれればいいよ」

俺が答えるとビレナが言葉をかぶせる。

「そうだねー。BもAもすぐだろうし」

「いや……まぁもう何も言うまい……」

ビレナに常識は伝わらない。

「と、とにかく、これでリント様もCランクです」

昨日の態度からは考えられない豹変ぶりだ。

あっという間に事務処理を済ませて新しいギルドカードを交付してくれた。仕事は出来るんだな。

ミラさん。

「そりゃまぁ、あんな姿見られたんだから偉そうに出来ないって」

「くっ……」

恥ずかしそうにビレナを睨む受付嬢ミラさん。可愛いのでそれが見られただけでまあ良いだろう。

「あと怯えてるのはね、今回の態度が本部にバレると二人とも立場的にまずいからだねー」

「っ……！」

絶望的な表情を浮かべるミラさん。ギュレムの方にも動揺は見られていた。表情から深刻さがうかがえるな……。

「し、仕事がなくなるのは困るんです……どうか……」

ここまで必死にさせる気はなかったんだけどな。まあここから先はビレナが任せろと言っていたし、任せておこう。

「まぁどうしてもって言うなら考えなくもないけど……」

「何でもしますっ！」

必死だった。まあ正直この田舎でギルドより稼げる仕事はないだろうしな。

「何でも……？」

「ひっ……は、はい」

ビレナの脅しに屈したミラさんは耳元で何か囁かれていた。

ミラさんは黙ってコクコク頷くしかない。

次はギュレムだった。

「えーっと……先生……」

「んー？　ちょっとBランクなんかになっちゃって調子乗ったね。あれだけ見た目に惑わされるなって言ったのに」

「すみません……」

「あんたはまぁ、ちょっと今度授業」

「ひっ……」

大の大人が本気で怯えていた。どんなトラウマを植え付けたんだ、ビレナ……。

何はともあれこれでようやく無事に昇級となった。

本当に昨日とはまるで別人のような対応に笑ってしまうが、これで変に意地になって何もしないようなタイプじゃなかったのは良かっただろう。

「ということで、Cランク昇格おめでとー！」

渡された冒険者カードは、ちょうどテイムしたギルと同じ黄土色に輝いている。

Cランクから冒険者カードは輝く。それがプロの冒険者の証だった。

「ありがとう……何か改めて渡されるとちょっとまだ、実感がないな」

つい最近までDランクというレベルだった俺が、あっという間にCランクである。

Dランクはある意味、冒険者見習いや冒険者志望者と言っていいくらいのレベルだった。戦闘クエストはほとんどがCランクからであり、それに条件付きで参加できるのがDランクだからだ。

ここからが本番。間違いなく、今までとは全く違う世界を見に行くことになるだろう。

現実味はないがビレナについていくというのはこういうことなんだろうな……。

「さってー、じゃあ次は！」

「フレーメルか？」

ビレナの話を聞いてから、あの本の行方が気になっていた。

「んーん。先に聖女様」

「そうか。そっちが先だったか」

確かに聖女様はいつでも会える相手ではない。ヒーラーが欲しいという話から発展したのは不安だが、せっかくビレナの知り合いだというなら会ってみたいのも事実だった。

聖女様に声をかけられたというだけでも、フレーメルでは十分な土産話になるしな。

だがビレナの思惑は、俺の考えの遥かに先をいっていた。

「タイミングもあるけど、フレーメルに行く前に聖女様が欲しい」

「やっぱり仲間にするんだな」

「うん。まぁ多分色々あるけど、パーティーを組んでやっていくなら絶対必要だからね！」

ビレナの頭の中では会いに行けば仲間になるくらいで話が進んでいるように見える。大丈夫だろうか……国際問題とかね。

「私が何もしなくても多分本人が言ってくるよ！」

「そんなバカな……」

「にゃはは。ま、何とかなるって！」

ビレナがそう言うと本当にそうなりそうなところがおそろしいところだった。

結局いつもどおりゴリ押しされ、王都へ向けてギルを飛ばすことになった。

「ちなみにミラさんに何を……？」

「んふふー。エッチだねぇ、リントくん」

「何も言ってないだろ！」

ちょっとはそういう方向かと思ったけどな。

幕間　キュルケとの出会い

ギルに乗って空の旅を楽しみながらビレナとこんな会話になった。

「せっかくだしさ、リントくんの昔の話とか聞きながら行きたいなー」

「昔の話？」

「そそ！　キュルケちゃんと出会った話とかさ！」

「あー……。面白い話じゃないぞ？」

「んーん。それでもいいのっ！　それにそういうのもほら、鑑定に役立つときだってあるから」

「そうなのか」

「うんうん。で、どうやって出会ったの？」

そう言われて記憶を掘り起こすことにした。

そんな面白い話じゃないんだが、まあ空の旅を多少彩《いろど》るくらいは出来るように喋っていこうと思う。

◇

「いらっしゃいませ。リントさん」

「ルミさん。いつもどおりの報告なんですが……」

「はーい。薬草類と、お、今日は三匹も仕留めてきたんですね！」

「一応……」

屈託なく笑いかけてくれるルミさん。

辺境フレーメルのギルドにおいて唯一と言っても良い若い女性受付嬢であり、当然ながら冒険者たちに声をかけられることが多い存在。

フレーメルギルドの看板娘でありアイドルがこの、ルミさんだった。

その可愛らしい容姿だけでなく、俺のようなFランク冒険者にもこうして優しく接してくれるのが人気の秘訣だ。

だが俺にとってはこの分け隔てない優しさはマイナスに働くことも多かったわけだが……。

「くそ……またあの雑魚《ザコ》が声かけられてんぞ」

「あの野郎こないだのじゃ足りなかったみてぇだな」

「そろそろヤッちまうか？　森での事故は管理してねえよなぁ？　ギルドも」

「ぎゃははは。ちげえねえ！」

絶妙にカウンターの向こうには聞こえないように盛り上がる声がこうして突き刺さる。

実際に何度も外で襲われている俺からすれば担当はルミさんでないほうがありがたいくらいなのだ

が、俺がギルドに来ると真っ先にルミさんが声をかけてくれるおかげで針のむしろが続いていた。それもこれも、このフレーメルのギルドで一番弱いのが俺だからなんだけど……。

「頑張りましたね！　今日の分はこれです」

「ありがとうございます」

ルミさんから銅貨を数枚受け取り、足早にその場をあとにしようとする。

わざとさっき陰口を叩いていたDランクくらいの冒険者パーティーのそばを通り抜ける。

「わっ！」

「おいおい気をつけろー？　雑魚が」

「何もねえとこで転んでてよく冒険者なんてやってられるなぁ？」

「ぎゃはは」

足を引っ掛けてこられたので、わざと引っ掛かってこけておいた。

「すみません……」

こうしてわざと絡まれておけば、外で殺されるまでには至らない。

こうして何とか取り分を奪われることなく済ませていくという、生きる知恵だった。情けない知恵ではあるが……。

ただ安心はできない。すぐに今日の分の飯と、ちょっと保存の利く効食い物に変えておかないといけない。

本当はそろそろ古くなった装備を変えたいが、そんな金額を貯めるのはとてもじゃないけど無理だ。フレーメルで低ランクの冒険者というのは搾取の対象でしかない。それがナイフ一本分だとしても、装備を買えるような金額を貯めているとなれば恰好の餌食だろう。

「森でゴブリンとか倒すより、雑魚狩りしていたほうがまあ、安全で美味しいだろうしな……」

当然違反行為ではあるんだが、ギルドも取り締まりきれていない。そこに文句を言ったってしょうがない。

だったらここのルールの中で、出来ることを探すしかないんだ。

「俺はスキルを磨くぞ……何としても、何か、例えばこうして薬草を集めていればいつか採取に関するスキルが手に入るかもしれない。そうしたらギルドも目をかけてくれて、こうして日銭を奪われる心配もしないで済む……はずだ」

そうでなくても俺の生きる道はこれしかないんだ。

両親が死んでから、後ろ盾も身寄りもない俺が生きていく道は冒険者くらいしかない。

「頑張ろう……」

この日も無事家に戻れたことに感謝して、なけなしの装備をボロ布で整備してすぐ、眠りにつく。明日も早い。できるだけ他人と重ならない時間に出たいからな。

「明日こそ、何かスキルに目覚めますように」

信仰してもいない何ものかに祈りながら目を閉じた。

◇

「よし。行くか」

人気《ひとけ》のない山道。その半分は自分で作ったといってもいい獣道を今日も進む。

もちろん採取にも狩りにも、お世辞にも効率が良いとは言えないルートだが、それでも途中で他の冒険者に絡まれるよりはマシだ。

「ん？」

いつもどおり進んできたはずだった。

それでも目印のない山道はどこかで方向がずれるものなんだろう。

たまたま目に入った土の盛り上がり。なぜか引き寄せられるようにその場所に足を進めていた。

「これは……洞窟？」

中の様子はよくわからないが、少し先に進めそうだ。

「松明《たいまつ》がいるか……もったいないけど……これが遺跡ならそれだけで今の生活が一変する……！」

遺跡やダンジョンの第一発見者になれば、これまでの生活からは考えられない莫大な報酬が手に入るはずだ。それこそ、誰かに奪われる心配をしなくても済むように護衛を雇ったりもできるだろう。

「行こう……」

意を決して乗り込むことにした。

なけなしの松明に火をつけ、消えないうちに奥に潜り込む。

中は狭い通路になっているようだ。

「一本道だな……？」

壁に手を添えながら歩く。

自然のものではなさそうな加工された壁に囲まれた一本道。周囲は汚れているようではあったが、行き止まることもなくずんずん奥に入っていける。

「あそこで行き止まり……か？」

ほとんど一本道が続いただけで終わってしまったので少し拍子抜けする。

これでは莫大な報酬も期待できそうになかった。

「ま、そんな簡単に人生変わらないよな……」

そう言って引き返そうとしたとき、洞窟の奥に違和感を感じた。

「ん？」

地面が見えるよう松明の明かりを下まで持っていくと……。

「これは……？」

大量の紙が散乱していた。

松明を適当に脇に置き、そちらに注意を移す。

もしこれが価値のある何かなら、諦めかけた一発逆転の可能性もまた沸き起こるが……。

「頼むぞ！」

祈るように拾い上げたそれを眺める。

「んー……」

内容は……端的に言えばエロ本だった。

「何でこんなもんこんなとこに置いてんだよ！」

拍子抜けどころの話ではなかった。

「くそ……散々期待させて……ん？」

それとは別に、何かの紙が落ちているのを見つける。

紙の右下によくわからない紋章のようなものが描いてある読み物だ。

「こっちは……何かごちゃごちゃしてて読めないな……」

模様のある紙だけをエロ本の中から拾い上げていく。

本当に俺は何をしているんだろうか……。いや冷静になったら負けだ。これが何かにつながるかもしれないのだから。

大方集め終えて、改めて目を通す。

ページ数もわからないその書物は読めるものと読めないものがあったが、それでも俺を興奮させるには十分すぎる情報を記載していた。

「これ……スキルの指南書⁉」

スキル。

種族の限界を超えた力の総称であり、これを一つ身につけただけで職に困らないと言ってもいいほどの価値を持つものだ。

スキルがなくても冒険者にはなれるが、上位の冒険者なら必ずと言っていいほど、貴重で強力なスキルを身につけている。

それはパーティーにおける役割ごとへの適性であったり、武器への適性であったり、その他、人の身でありながら空を飛んだり、とんでもないスピードで動いたり、瞬間移動をしたり。

魔法では説明できない固有の特別な能力をスキルと呼んでいた。

「スキルがあれば……！」

俺だっていつまでもFランクで最底辺《くすぶ》る必要がなくなるはずだ！

期待に胸を膨らませて読みすすめる。指南書なんて市場には出回ることなどないし、出てきたとしたらバカみたいな金額がつくはず……！　俺が身につけられなくてもこれで人生、変わったかもしれない！

そう、本気で期待していた。

だが……。

「よりにもよってテイム……」

テイム。数ある職種系統スキルの中でも、最悪のスキルだった。

劣等職といえばテイマー。テイマーといえば劣等職。

テイムは野生にいる魔物を従えて戦わせることが出来るという一見便利そうなスキルではある。中にはドラゴンをテイムして活躍した英雄もいたはずだ。

だが、フレーメルでテイマーとして活動していくのは厳しいと言わざるを得ない。理由はいくつかあるが、そもそも魔物を従えている人間は危険視されるし、たとえ従えた魔物が強くても本人は弱いから安全マージンも取りにくい。

つまり、冒険者としてのし上がっていくために必要なパーティーを組むという行為を、諦めざるを得なくなるわけだ。

「とはいえ、今もパーティーが組めてるわけじゃないけど……」

今はFランクという駆け出しだ。特別役割分担をするほどの作業は発生しないし、そもそもパーティーを組むメリットより取り分が減るデメリットが大きいので組んでいなかった。

それでも、将来パーティーを組むことを諦めていたわけではない。

「この洞窟は……何回人を落胆させれば気が済むんだ……」

しかもページが飛びすぎていて断片的な情報しか得られない。

これではとてもじゃないが価値があるとは言えないし、これをスキル指南書だと言い張って売っても買い手はつかないだろう……。

「でも……」

ふと思い直す。

「色々なことを諦めて、テイマーを目指したら？」

どうだろうか。

いまだって低ランクというだけで日々の稼ぎもままならない状況なんだ。

武器も買えない。魔道具も買えない。

Fランクの依頼をほそぼそとこなしていくだけでは、いつまで経ってもランクが上がる兆しも見えなかった。

「スキルを使って戦えれば……俺もCランクくらい目指せるんじゃ……？」

Cランクは冒険者にとって一つの到達点になる。

その稼ぎだけで一生生活ができるランクが、Cランクだから。

俺のようなぎりぎり死なないだけの生活ではない。しっかりとした稼ぎを持って、家庭を持つことだってできるような、そんなランク。

「Cランクになれるなら……」

天秤にかける。

冒険者として一人前と言われるCランクを目指していくために、テイマーとしてバカにされたり、気味悪がられたり、ソロプレイヤーとしてやっていくことをいまここで決意できるかどうか。

判断は一瞬だった。

「今よりひどいことにはならない」

判断基準はこれに尽きる。

ここで時間をロスすれば今日の食《く》い扶持《ぶち》は失われるだろう。

それでも、ここに時間と金を割《さ》くことを選ぶ価値が、この本にはあった。

「そもそもこれをチャンスと考えて決断できない人間なら、この先冒険者なんてやめたほうがいい」

冒険者は生命をかけたギャンブルだ。Cランクのさらにその先。一攫千金《いっかくせんきん》の可能性をある意味では最も秘めた職種。それがテイマーであるとも言えた。

もうかれこれしばらく冒険者をやってきても何の才能もスキルも花開かなかった俺だ。

これから突然剣の才能が芽生えたりするとも、現実的には考えにくかった。触ったことのない武器に触ってみれば隠された才能とかが花開くんじゃないかなんて考えも、なかったわけではないけれど
……。

「テイマーが天職だ」

思い立てば不思議なほどにしっくりくる。

絶対に気味悪がられる。嫌がらせは今まで以上に増える。今日の食い扶持は得られない。

それでも、俺はテイマーになる価値があると、何となく思い込んだ瞬間だった。

「持って帰ったりしたら奪われる可能性も高い……」

ここで読むしかない。

松明はもったいないが、この場所のほうが見つかる可能性も低いし良いだろう。

「非常食もある……しばらくは持つはずだ」

貴重な存在となった水に一口だけ口をつけ、テイマーの指南書を読み込んでいった。

「まずはテイマーの伝説か……」

かつて勇者パーティーとして活躍したドラゴンテイマーがいたことが記されている。当たり前のように人外な動きを繰り返しているのを見ると、ドラゴンがいなくてもこの人は魔王の一人や二人倒せたのではないかと思ってしまう。

それでもまぁ、従えていたドラゴンとの間に芽生えた絆によって悪を討滅していく姿は、十分に心を揺り動かされるストーリーだった。

「俺もこうなれるだろうか……？　いや、まずは目の前のことだな」

伝説になるような人間になる必要はない。

とにかく日々の稼ぎを安定化させて、そのうち王都とかにも行ってみたい……。

そのための手段を得たい。

「テイムの基本……？　ここからが本番か」

断片的なページから何とか情報を読み取って頭の中でまとめていく。

テイムできる許容量の話。テイムに必要な手順。テイムの魔物別難易度、そしてそのコツ……。

「色々あるな……」

飛び飛びながらも各種モンスターの情報が細かく記載されたこのまとめは、それだけでもかなり価値があるものに感じた。

とはいえところどころメチャクチャに見えるけど……。

「ミノタウロスはりんごをあげると乳を搾らせてくれるとか……そんなことあるか？」

ミノタウロスは牛型の有名な魔物だ。危険度A。常人が出会ったらまず逃げ切ることすら困難な凶暴性と、単体としては無類の強さを誇る戦闘力が特徴だ。

確かに身体の半分以上が牛ではあるが、オスのイメージが強いし、りんごより人の肉を食らってるくらいのイメージがある邪悪な魔物、だったはずだけど……。

「ここまで常識とかけ離れたことをふざけて書いてあるんじゃ売れないだろうけど……まあ一応全部頭に入れておこう」

幸い本の内容はなぜか頭にスラスラ入ってくるので各魔物の知識を収集していった。

「にしても、これを見てると楽しみになるな……！」

どんな魔物を従えるか。

図鑑のように並んだ数々の魔物の名前を前に心を躍らせる。

「どうせならかっこよくて……それで……」

その後も夢中になって不思議な書物を読み漁《あさ》っていった。

「よし。とにかくまずは一匹をテイムすることが必要らしい」

本の内容をまとめると結局そういうことになる。

テイムの試行回数を増やそうにも、本人のキャパシティがあるらしいから難しい。それより、とにかく最初の一匹とどれだけ心を通わせ、信頼関係を築き上げられるかに注力したほうが良いと、そう書いてある。

「この近辺で強くて、テイムできそうな魔物か……」

当然あまりに実力差があればテイムうんぬん以前に殺されるだろう。

さっきのミノタウロスのようなわけのわからない情報に生命をかけるのはまだためらわれる。

「じゃあ……せめて飛んでるやつだとかっこいいだろうか？」

鳥型の魔物、飛翔能力を持つ魔物を図鑑になったページと照らし合わせながら吟味する。

鳥型の魔物は卵を取ってくるのが一番いいらしい。どうやら卵から孵《かえ》った瞬間に見たものを親と認識する特性がある魔物が多いようで、普通の魔物よりも信頼関係が築きやすいとか。

ただこの方法は二つ、問題があった。

一つは卵から孵化《ふか》したばかりの幼体をテイムしても、戦力にならないということ。むしろしばらくはつきっきりで面倒を見ないと死んでしまうようなものも多い。そんなことをしていたら俺のほうが死んでしまう可能性すらある。

蓄《たくわ》えもなく、日銭を稼ぐ必要があるからな……。

そしてもう一つ、こちらのほうが大きな問題だが……。

「そもそも親鳥に勝てるわけがない……」

鳥型の魔物は、飛翔系のスキル持ちや魔法使いでもなければ互角に戦うのが難しいとされる。

Fランクの俺が単身で卵を盗みに行けば、たちまち親鳥たちの貴重な栄養源にされてしまうだろう。

「というわけで鳥は諦めると……」

オークやゴブリンはやめたほうがいいだろう。いやそもそもオークなんか出会ったら死ぬけど……。

見た目がきついやつは仲間にしたあとが困る。

隠れられるようなやつらでもないから街に入れなくなってしまうし、森では間違って冒険者に狙われても文句も言いづらい。

「じゃあ……まあいいか。魔物じゃなくてもちょうど良い獣とか、行けばいるかもしれないし！」

とにかく早く実践したい気持ちが強かった。

テイムの手法だけは入念に確認してから立ち上がる。

紙はこの場所に置いていくことにした。もらっていいものかもわからないし、俺が持っていっても奪われるのが目に見えている。

ギリギリまでテイマーになることは隠しておきたいしな。

「よし！　何か良いのがいますように！」

まだ見ぬ相棒を求めて、期待に胸を膨らませて洞窟を出た。

「Fランクがこんなとこに何の用だよ！」

ドンッと、背中から地面に突き落とされる。草が生い茂る柔らかいところで助かった。

「てめえのための薬草はこっちにはねえ！　ルールを守れ！　Fランクの雑魚が！」

「ぐっ……」

横たわる俺を蹴り上げて仲間とともに戻って行くDランクの冒険者たち。

彼らにとって俺は壊れない程度に殴っていいおもちゃだった。

「くそ……勝手に決めたルールで好き勝手言ってくれる……」

流れた血を拭って薬草を当てる。

テイムのついでと思って取っておいたはいいものの、あいつらにぐちゃぐちゃにされて納品できなくなってしまったものだった。

「あいつらが調子に乗れるのも今日までだ……」

そう。俺は今日生まれ変わるんだ。テイマーの指南書で。

貴族でもない限り師匠や指南書なんてないのが普通だ。俺は恵まれてる。

さっきのやつらより間違いなく、恵まれているはずだった。

「今日から俺はテイマー。やり方は覚えた……あとは、やるだけだ」

自分より強い魔物と一緒に戦う、俺みたいに力もスキルもない冒険者の最後の希望。

最初は弱い魔物だとしても、一気に見返すことができると、そう思っていた。


だが、現実はそんなに甘くはなかった。

「こんなに難しいのか……」

結局テイムに必要なものは、テイムしたい魔物にどうメリットを感じさせるかに尽きる。

コツがわかっていたところで、向こうにとって俺という存在に意味のある強さや頼りがいがない限り従ってくれない。

そのことを身をもって学んだ。

「普段周りの冒険者が結構加減してくれてたのがわかるな……」

いらぬ感謝を覚えることになってしまった。いやいやそれはおかしいだろう。

だがそんな考えが頭をよぎる程度には、野生の生き物は苛烈で手加減なしだった。

「何なら死にかけたしな……」

やけくそでゴブリンに手を出してこの始末だ。

あとはもうスライムくらいしか可能性はないんじゃないだろうか……。

「でも、最初の一匹との関係性がテイマーとしての素質を伸ばすって書いてたからな……」

たとえ最弱で何の役にも立たないスライムだとしても、ないよりはいいんだろう。

「まあ、テイムして、仲良くなったと思ったらリリースすればいいだろ」

テイマーのキャパシティのことを考えればいつまでもスライムに力を割くわけにもいかないはずだ。

「まずはスライムから、俺のテイマーの第一歩をスタートさせよう！」

決意を新たに森を進む。

いつもの人に隠れて薬草を探すルートではなく、ある程度狩りにも適したルートを選択してしまったせいで森の中で絡まれることになったわけだ。

あれはもう避けたい。

「人気《ひとけ》のないところに……で、暗くなる前に帰るぞ……」

生まれ育ったフレーメル近郊だから出来る新たな山道の開拓を続け、ようやく数匹のスライムを発見した。

「よし。テイ……ん？」

よく見ると五匹のスライムは、四対一の様相を呈していた。

「何だこれ……スライムっていじめとかあるのか……？」

スライムは魔物の一種ではあるものの、危険度は虫と同じくらいなものだ。

何ならクモやハチのほうが危険なものもいるくらいだから、こうして争っているスライムの間近まで接近しても問題はない。

「出来れば強いやつが良かったけど……」

そう。どうせならたとえスライムでも、ちょっと特別なやつだったり、少し強かったり大きかったりという特徴があればと思ってたけど、この状況を見てしまうとなぁ……。

「助けてやるか」

そう言った瞬間、どっちを向いてるんだかわからないスライムたちの視線が一斉にこちらを向いた気がした。

「きゅー」

いじめられていた一匹がか細い声で鳴く。スライムって鳴くのか……。初めて知った。

「確かスライムをテイムするコツは……いいか。とりあえずテイムだ」

テイムの技術自体はあの本を読んだだけで理解はできていた。

あとはもう、対象を指定して手をかざすだけだ。

『助けてやる代わりに従え』というのも何とも横暴な気がしたが、まあいいだろう。

「きゅー！」

「おお……これがテイムか」

一瞬で心が通った気がした。

魔物と心を通わせるというのは不思議な感覚だったが、これは面白いかもしれない。何となくあのスライムが考えてることがわかるようになった気がした。

「いやお前……その状況でここは俺に任せて逃げろみたいな雰囲気になられても……」

「きゅっ！」

完全に追い込まれているというのになかなか強気なやつだった。

もしかしてさっきか細く鳴いたように聞こえたのも、何か別の意味があったのかもしれない。いやきっとあったんだろうな……。

「スライムくらいなら俺でも追い払えるっての！」

「きゅっ！　きゅっ！」

「危ない！　じゃないんだよ。危ないのはお前だっての！」

「きゅきゅー！」

「わかったわかった。いいからちょっと下がってろ」

とりあえずよくわからない光景を前に四匹いたスライムもすごすご立ち去っていく。

その様子を見てなぜか残った一匹がドヤァといった雰囲気を醸し出していた。

「きゅっ！　きゅっきゅっ！」

「助けはいらなかったけど礼は言う、か……何かスライムって、こんな面白い生き物だったのか？」

動きもコミカルだし、いやまぁスライムの全部が全部こいつみたいな感じじゃないとは思うけど。

思いたい……。

いやまぁ、実際いじめられてたし浮いてたんだと思うけど。

「きゅきゅきゅー！」

「ああ、これからは守ってくれるって言ってるんだな」

「きゅっ！　きゅっ！」

「意外と何言ってるかわかるもんだな……」

テイムの不思議な一面を知った気がする。

テイムの感覚はつかめたし……」

「きゅー？」

こいつをテイムしたままだったばかりに他の魔物をテイムできなかったとなると笑えない。

キャパシティが決められているのであれば、いつまでもスライムをテイムし続けておきたくもないけど……。

「どうするか」

「きゅっ！　きゅっ！」

少し名残惜しいが、この面白い生き物は野生でもたくましく生きる気はする。

お互いのために一度、テイムは解消しておくか。

「きゅっ？」

不思議そうな顔をするスライムが可愛いかったが、テイムの解除を行う。

「元気で暮らせよ」

「きゅー！」

「いや待て、解除したよな？」

「きゅっ！　きゅっ！」

ぴょこぴょこ足の周りを飛び回ってなにか訴えかけてくるスライムに困惑する。

テイムを解除しても付いてくるという事例は、あの本には書いてなかったはずだ。いや……解除が不十分なんだろうか……。

「どうするか……」

「きゅきゅっ！」

「こら、乗るな乗るな」

木々をうまく利用して俺の肩まで登ってきやがった。触るとほんのり冷たく、気持ちいい。なぜか触られたほうのスライムも気持ちよさそうにしていた。

「まあ、来たいなら来てもいいけど……」

スライムくらいなら別にいいだろう。無害すぎて誰も嫌がらないはずだ。

「きゅきゅー！」

「よろしくな。えっと……」

そういえば呼ぶ名前もなかったことに気づく。

いくら何でもスライムと呼ぶのはためらわれるから名前をつけることにしよう。

「そうだな……キュルケでいいか？」

「きゅきゅー！」

嬉しそうに肩ではしゃぐキュルケ。気に入ってもらえたようで何よりだ。

「じゃ、いくか。頼むからおとなしくしててくれよ」

「きゅっ！」

頼りがいのある自信満々な声がかえって不安を煽《あお》るな……。

だがそれでも、何かワクワクさせられている自分もいた。いつもと違う森の帰り道を少し新鮮な気持ちで進む。

「きゅきゅー！」

「ん？」

帰り道、歩き出してすぐ肩から飛び出すキュルケ。

気まぐれで野生に戻るかと思ったら、俺を誘導するように森の中に誘い込んでいた。

「追いかけてこいってことか？」

「きゅっ！　きゅっ！」

着いていかないと振り返って呼んでくるので仕方なく着いていく。

「何だよ……」

自由なやつだなあ。と少し呆れながら着いていくと……。

「きゅきゅー！」

「え……？」

キュルケに連れてこられた先にあったのは、まだ手がつけられていない薬草たちだった。

「俺がこれ集めてるって、いつわかった？」

「きゅきゅきゅー！」

「何でもお見通しってか……」

すごいなキュルケ……。こんなにも早く活躍してくれるとは。

それにこの場所の薬草、品質もめちゃくちゃいいし、普段とったことのないような高級なポーション用のものまで交ざっている。

「でかした！」

「きゅっ！　きゅっ！」

「今日はごちそうだな！」

「きゅきゅー！」

そういえばスライムって何を食べるんだ……？　と思っていたら、俺が薬草を摘み取る横でキュルケもきゅもきゅ薬草を食べ始めていた。

「それが餌なのか」

「きゅきゅぅ」

幸せそうな顔を見ると一番高い薬草を食べているのもまぁ、いいかという気持ちになった。

もともとキュルケが見つけたもんだしな。

「これでも三日分くらいの稼ぎになるしな」

もし明日からもキュルケが活躍してくれるようなら、いまの三倍で実績も稼ぎも生まれるわけだ。

とはいっても、あんまり目立つのはまずいしなぁ……。今日は調子が良かったと言って、いつもの倍だけ持っていってみるか。

いや一日開いてるし何とかなるか。

いろいろ考えているとキュルケがまた器用に肩に登ってきていた。

「満足したか？」

「きゅきゅー！」

残りを刈り取っていくことにする。

もちろん根こそぎにしたりはしない。

ここも巡回ルートに加えて、何日かしたらまた刈り取りに来れる程度にしておいた。

「戻るか」

キュルケを連れて、二日ぶりのギルドへ向かった。

「あっ！　リントさん⁉」

ギルドの扉を開けると何故かルミさんに駆け寄られてペタペタ身体を触られる。

「えっと……」

「よかったぁ……心配したんですよ！」

「すみません……？」

ルミさんの整った顔が目の前に来て思わずのけぞってしまう。

「もうっ……で、何してたんですか」

「いや、ちょっといいところがあったから……これ納品できるかな？」

「すごい！　いつもの倍以上あるじゃないですか！　しかも品質もすごくいい……！　すぐに準備しますね」

そう言うとパタパタとカウンターの奥に走っていくルミさんを目で追う。

と、なぜかルミさんは戻ってきて俺の肩を、正確にはキュルケのことを触りにきた。

「この子……」

「テイムした」

ギルドがざわついたのを感じた。嫌われ者のテイマーが現れたことで標的が増えたと考えたのかもしれない。

それでもルミさんは少なくとも、祝福してくれた。

「すごいじゃないですか！　スキル持ちの冒険者になったんですね！」

「それでもすごいですよ。ただ気をつけてくださいね。テイマーはあまり良く思われませんから……。『テイム』だけどな……」

この子は可愛いですけど！」

ルミさんがひとしきりキュルケを撫でる。キュルケも目を細めて気持ちよさそうに受け入れていた。

「きゅー」

「可愛いー！　名前はもうつけたんですか⁉」

「キュルケだ」

「キュルケちゃん」

「きゅー」

多分ルミさんがここでキュルケに構ってくれたのは、こいつが無害だと周囲に伝えるためだろう。気の利く受付嬢だった。

その後改めてカウンターの奥に納品物を持って駆けていった。

しばらくカウンターの前で待っているとルミさんが戻ってくる。

「リントさーん！　すごいですよ！　査定額も出ましたがもっといい報告があります！」

「いい報告？」

「はい！　今回の納品で何と！　リントさんはEランクに昇格しました！」

「Eランク！」

昇級⁉　夢じゃないだろうか。

「コツコツ貯めてきたポイントは十分あったんですが、いかんせん爆発力というか、きっかけがなかったもので」

「それがどうして今回は……？」

「納品してくださった薬草の中に一つ、これまでリントさんが巡回していただろうルートからは採取できない高価なものがありました」

「ああ……」

確かに今回はいつものルートを外れていたが、それが良かったのか……？

「これまでは安全マージンを取りすぎた行動パターンが目立っていましたが、その上でこの場所に自ら足を運んだということは、Ｅランクとしてもやっていけると我々ギルド職員が判断したということです」

「なるほど……」

何にせよ嬉しいことに変わりはない。

「やりましたね！　リントさん！」

「はい」

安心したからだろうか。少し身体の力が抜けた気がする。

「ふふ。今日はゆっくり休んでください。明日いらっしゃるときまでに、Ｅランク向けのおすすめ依頼をまとめておきますから」

「いつもありがとう」

「いえいえ。明日からも頑張りましょうね！　リントさん！」

そう言って笑顔で送り出してくれるルミさん。ほんとに可愛いなぁ……。人気になるのもうなずける天使っぷりだった。

十分癒やされたところで、ギルドを出ることにした。


そして何年か経った。

あれからもやはり嫌がらせや初心者イビリは続いた。俺がEランクになってもフレーメルで最弱なのは変わらなかったのと、やはりテイマーという肩書きが問題だった。ルミさんはかばってくれても、フォローしきれるはずもない。それどころかルミさん以外の職員はテイマーの俺を邪険にしていたようにも思う。

それでも毎日、キュルケと一緒にコツコツ依頼をこなしてきた。

「キュルケちゃん、すっかりスライムっぽさがなくなりましたねぇ」

「きゅー」

ルミさんに可愛がられて気持ちよさそうにするキュルケ。

キュルケはいつしか羽が生えてふわふわと空を飛ぶようになった。角も生え、羽毛に覆われた姿はもう、元のスライムからは想像もつかない状態だった。その分強くもなった。

「あ、そうだリントさん。今日はリントさんにお話があるんです」

「話……？」

そしてこの日。

「どっちもビッグニュースですよ！」

自分のことのように嬉しそうにルミさんが言ってくれる。

「何と！　Dランクに昇級です！」

「おおっ⁉」

「おめでとうございますー！　もう実力は十分と、ギルドマスターもお墨付きでしたよ」

「ギルドマスター⁉」

ギルド中がざわつくのがわかった。

それもそうだろう。Eランクでしかなかった俺がギルドマスターの目に留まっているだなんて、誰も思っていなかっただろう。

「それで、これはギルドマスター、クエルからの手紙です。本当なら直接話がしたかったと言っていましたが、長期出張に出てしまいましたからね」

「ギルドマスターが……」

さらにざわめくギルド中の冒険者たち。俺自身、興奮が抑えきれなかった。

「これ、すぐに見ても？」

「ふふ。仕方ないですね」

ルミさんの返事も待ちきれず手紙を開封する。

そこには……Dランク昇級のお祝いと、王都へ行くことをすすめる内容が記されていた。

そしてもう一つ驚いたのは……。

「これは……」

ギルドマスターのクエルもテイマーだったことが、それでいてAランクの冒険者にまで上り詰めたことがそこには記されていた。

◇

「こんな感じで出会って、王都に来た」

「なるほどねえ……リントくん、最初からテイマーの才能に溢れてたんだねえ」

「いやいや……今の話ちゃんと聞いてたか？」

何でそうなった。

「聞いてたよっ！　すごいじゃん！　初日からキュルケちゃんとしっかり協力して、そのおかげで王都に来ちゃったんだから！」

「いや……えっと……」

褒められて悪い気はしないが何か照れくさい。

そんな話を続けながら空の旅を続ける。

その後も細かい話を根掘り葉掘り聞かれながら、そのたびに過剰なまでに褒めてくれるビレナとじゃれていたら、あっという間に空の旅は終わりを迎えた。

王都に帰ってきた。

第三章　聖女を求めて

「始まりましたね……」

武力衝突が始まった神都を見下ろしながら呟いた少女は聖女、リリルナシル。

修道女の簡素な衣服をベースとしながら、その意匠は見るものすべてにひと目で普通ではないことを理解させる洗練されたものだった。もっとも普通ではない演出の最大の要因は、着ている本人の際立って優れた容姿と、スタイルからくるものかもしれないが。

その聖女、リリルナシルが、神国の魔法と技術の粋《すい》を集めて作られた宮殿の、その最高層階から外を見下ろしていた。

部屋の中は本で溢れている。

内装に目を移すとそのどれもが豪華で、灯り一つをとっても庶民ではとても手の出せない代物《しろもの》が揃えられていた。

何不自由ない部屋。

シャワーも、トイレも、ベッドも、食事も、全てが満たされた極上の一室。

だが部屋のどこを探しても、聖女が自由に使える出口はどこにもなかった。扉が外からしか操作で

きないのだ。

全てがある部屋。一方で、聖女のすべての自由をその部屋の中にとどめようとした思惑が垣間見える部屋だった。

「さて、どうしましょうか」

聖女リリルナシルは読んでいた本を置き、改めて外の景色に目を移す。

神国の中心部、神都の最重要拠点である宮殿が、剣と魔法と喧騒に包まれていた。

「それにしても、キラエムの反乱は教皇不在時、というよりバロンの不在時だと思っていましたが。このタイミングでバロンを手放すとは……ザウスルは思った以上に愚かだったのでしょうか」

内戦の前兆は十分過ぎるほどにあった。

神国ナンバーワンである教皇ザウスルと、ナンバーツー、枢機卿《すうききょう》キラエムの対立は国のはずれまで行き届くほど大きなものになっていた。

一触即発。キラエムの反乱は目に見えた脅威だった。

それでなくとも勢いのある枢機卿に対し教皇は後手に回り続けたというのに、ここに来て最大戦力であるバロンを手放すという致命的なミスを犯した教皇ザウスル。

すでに教皇派の多くは取り込まれ、発言権も日に日に落ちていき、もはや風前の灯《ともしび》ではあったとはいえ、このミスが無ければもう少し生き延びられただろうと、リリルナシルは考えていた。

「いや……それすらもキラエムの手の内だったかもしれませんね」

教皇ザウスルにとって良い材料があるとすれば手元に聖女の身柄を確保していることと、直近に差し迫っていた教皇のディタリア王国王都への訪問予定くらいのものだった。ここで王国側を味方に出来ればまだ、勝ち目があるかもしれないというかなり希望的観測を持った話ではあるが、教皇がキラエムに勝つためには王国の助けは必要不可欠だ。

だがそれは諸刃《もろは》の剣《つるぎ》であり、王都に行った留守をつかれるだろうというのが、聖女を含めた多くの神国関係者の見立てだったのだが……。

「先んじたキラエムの勝ちですかね」

戦況を上から見ていた聖女が静かに告げる。

言葉通り、教皇派の主たる人間はすでに多くが敗れ、あとは残党勢力を刈り取るだけになっているようだ。

教皇派最強のカードである滅龍《めつりゅう》騎士団団長バロンが不在の中、キラエムを中心に優秀な魔法使いを揃えていた枢機卿派の勝利は目前だった。

「ただ、完勝とはいかない……と。となると、私もそろそろ逃げないといけませんね」

彼女が完勝にならないと判断したのは、枢機卿派たちから出たこの発言からだった。

「くそっ！　教皇を取り逃がした！」

「あれがいなければいつまでも終わらんぞ！」

「せめて聖女様が……」

「やめろ！　聖女様に手を出すなら今の兵力の五倍は必要になるぞ⁉」

「仕掛けるわけないだろ！　何かこう……協力を要請したりできないかって」

「そんなことできるならとっくに上がやってるだろ！」

この対立でどちらの勢力に対しても協力をせず中立を保った結果、こんな場所に閉じ込められていた聖女が静かに動き出す。

教皇ザウスルが聖女の幽閉を実行したのは、神国で最も求心力のある聖女を自分のカードとして手元に置きたかったからだ。

「そろそろ出ますか」

こんな檻《おり》で聖女を閉じ込めたと思っているのはそれを実行した教皇だけだ。

Sランク冒険者。

いかにヒーラーといえど、並の設備で対処できるほど甘い相手ではない。

——ドゴン

鈍い音を立て、本に囲まれた部屋が崩壊する。

本来回復や浄化などに特化し、攻撃に利用が難しいとされる聖魔法で爆発を起こしたのだ。

本来の聖魔法ではない。Sランク冒険者という偉業を達成した聖女だからこそできる特別な力だ。

「顔も隠して……とりあえず予定通りに王国に行きましょうか。あぁ、ビレナとヴィレントには情報を出しながら……一応教皇も拾っておきましょうか……意外と忙しいですね」

忙《せわ》しなく頭を働かせながらも周囲には複数の魔法陣を浮かび上がらせる聖女。

変装、伝達、索敵……。歴代最高と名高い聖女の力を遺憾なく発揮し、部屋中を魔法陣で埋め尽くしていた。

「教皇は……どうせあの辺りに隠れているでしょう」

当たりをつけて動き出す。

聖女をコントロールし、管理しきっていると信じる哀れな教皇。接触が多い分、彼女にとってその行動を読むことは難しくなかった。

「何というか……教皇のことを最もわかっているのが私というのも……嫌ですね……」

――ドン

部屋を出たときと同じく、聖魔法と呼ぶには荒々しい魔法で教皇の隠れ家を吹き飛ばした。

「ひっ……おっ！　おお！　おお！　聖女様ではございませんか！　よくぞご無事で」

「あんなところに閉じ込めておいてよく……まあいいでしょう。早く逃げましょう」

「逃げる？　何を馬鹿なことを……聖女様と滅龍騎士団の力をもってすればこの程度……」

好き勝手に喚《わめ》き立てる教皇に苛立ちを見せる聖女。

彼女にとって教皇は別に恩も義理もない相手だった。むしろ逆の感情のほうが大きいくらいの相手である。

それをこうして助けに来たのは、この混乱を利用するために他ならない。

今から聖女の力を使って教皇を助けるつもりもなければ、わざわざキラエムと対立する予定もない。

ただ教皇に多少生きながらえてもらいながら、自分は自由に生きる準備を進めるだけだ。

「聖女様？　忘れたわけではあるまい。誰のおかげでSランク冒険者などという身に余る栄光を得られたのか」

ピクッと聖女のこめかみが動いた。

逆鱗《げきりん》に触れたことに気づかず得意げに教皇ザウスルは続ける。

「私が王国に打診して初めて、冒険者にもなれたのですし、あのスピードで成し遂げられたのですぞ。それを――」

「黙ってもらえますか？」

「ひっ……」

聖女の笑顔の背後にどす黒い何かを見た教皇はそれ以上喋るのをやめた。だが、自らの失言に気づいた時にはもう手遅れだ。聖女の教皇に対する扱いは一段と冷めたものになった。

思い出したくもない記憶。便利な政治用のカードである聖女に自由を与えたくなかった教皇によって、不正にランクを上げられた過去。

Sランクになれば辞めると言ってしまったことが、まさかあんな形で使われるとは聖女は全く思ってもいなかった。

教皇が今の地位にいるのはこの手の立ち回りのうまさによるものといえる。むしろ神国全体がそれで成り立っているといっても過言ではなかった。

枢機卿まで上り詰めたキラエムもまた、その政治力が強かった。

二人の違いはただ一つ。すでに上り詰めて慢心していた教皇と、野心を持って上を目指した枢機卿の、その熱量の違い。

「一緒に国を出るのであれば連れて行きますが、そうでないならここで死んでください」

「そんな……聖女様？　気でも狂われたか？」

「気が狂っているのはあなたです。この状況を武力でひっくり返してどうするつもりでしたか？」

「そんなものは後から何とでも……」

「あなたを持ち上げていた部下はそのほとんどが死にました。あなたが頼りにしている滅龍騎士団のバロンもここにはいませんが、それでも？」

「ぐっ……しかし……」

もはや教皇派の人間の生き残りはほとんどいない。

残るのはポストを狙うキラエム派と、聖女派と言われる中立勢力だけだ。

その状況を理解しているのかしていないのか、未だに渋る教皇を冷めた目で睨みながら聖女はこう言った。

「はぁ……大人しく王都に逃げれば伝手《つて》もあるのではないですか？」

王国と神国は比較的友好な関係で結ばれている。

王家以外の貴族にも教皇と関係の深いものは複数いることは事実だった。

もちろん、この状況を見て手を貸すほどの本当の友好関係を結べているとは聖女は考えていないが、今それを言ってやるほど聖女自身、教皇に対して友好的ではないというわけだ。

「おお……流石《さすが》は聖女様。そうでしたな。そうしましょう。そうと決まれば早速動きましょう」

調子の良い教皇を一瞬だけ睨みつけ、ため息をつきながら聖女も準備を進めた。

キラエムと教皇の対立は有名だが、世間的には教皇は聖女を立て、また聖女も神国の象徴たる教皇へ忠誠を誓うというイメージを持たれている。

だが実態は聖女というSランクの実力者の使い道を決めあぐねて、結局両陣営ともに味方につけられなかったのだった。

完璧に味方につけていたなら、戦況は一気にそちらに傾いただろう。そのくらい、聖女の影響力は大きい。

「ではお顔を少し弄《いじ》りますので、じっとしておいてください」

「ああ。頼みます聖女様」

教皇が馬鹿でなければこの時、聖女の真意を確認していただろう。

与えられることに慣れすぎた教皇は、何の疑いもなく自分を助けるためだと思い込んでいた。

まさか自分が聖女の自由のために利用されているとは思いも寄らず、これで助かったとばかりに喜ぶ哀れな教皇がそこにはいた。

「さて……うまくビレナに伝われば良いのですが……」

いくつかの情報を暗号を織り交ぜながら王国内へ放つ。

聖女の思惑は一つ。混乱に乗じてこのしがらみから抜け出すことだった。

自由に過ごせたわずかな期間で出会った、生涯唯一の友人を思い浮かべて夢を見る。あのめちゃくちゃな友人ならば、この状況もきっと……。

一人呟いた聖女の声は、目の前の教皇をはじめ、誰にも届くことはなかった。

◇

「まぁそりゃ、そうなるよなぁ」

王都上空。

王都の端にある冒険者ギルドでは、突如現れたドラゴンに大混乱に陥っていた。

「あれ、知り合いか？」

「ほとんどね」

ビレナに念の為確認しておく。王都ギルドの混乱を聞きつけて集まったのはビレナの知り合い……ということはほとんど高ランカーなんだろう……。

冒険者たちが集まって警戒しているだけだから、ビレナが説明すれば何とかなるか。

いつもどおり近くにギルを置いて行こうとしたんだが、もう面倒だからお披露目しちゃえというビレナの言葉で今に至っている。

ギルドにいきなりドラゴンを討ち取れるような実力者もいないだろうという見立てもあって、こうしていきなり上空に姿を現したわけだ。

だが、ビレナの予想に反した部分もあったらしい。

「あっ、ちょっとまずいかも」

「え?」

「一人だけちゃんとした魔法使いがいる!」

それだけ言うと素早く鞍《くら》の安全装置を外し出すビレナ。

「リントくんはそこにいてね」

「は?」

次の瞬間、ビレナはギルから飛び出し、弓と魔法を構える冒険者たちのもとに飛び込んでいった。

「待って待ってー」

「まじかよ……」

流石に俺にここから飛び込んで戦う力はない。

というか落ちたら死ぬ。

いやカゲロウを出したら大丈夫なのか？　でも試したくはないな。少なくとも痛いだろう。

「ギル、ちょっと高度をあげよう。弓が届かないように」

「グゥゥゥゥゥゥ」

返事をしただけのギルにまた地上がざわめいてしまった。

反省するような素振りを見せるギルを撫でながら下の様子を眺める。

ビレナが何とか冒険者たちを鎮める姿が見えた。

「あのメンバーを見てまともな魔法使いは一人だけって言葉が出るのも……何とも言えないな」

ぱっと見ただけでわかるような、見るからにランクの高い冒険者も複数いるけど……。

まあビレナからすればそういう基準か。


「……とりあえず収まったみたいだし、降りるか」

「グルルァ」

軽く返事をしただけのギルに、また下にいた冒険者のうち何人かが後退《あとずさ》る。

気にしているといつまでも進めないので気にせず地上を目指し、ギルドの前にゆっくりと降り立つ。

「ひっ……」

「まさかほんとに竜使いが……」

「もー。信じてなかったのー？」

ビレナの言葉に「信じられるか」という表情を浮かべる冒険者たち。わかる。俺もそう思うからな……。

まだ冒険者たち側の常識の欠片が自分に残っていたことに何となく感謝しながらギルから降り立つ。

「ふむ……君が……？」

その声を聞いた途端、冒険者たちが道をさっと開けた。

開かれた先にいたのは、高貴な衣装と荘厳な雰囲気を纏う魔法使いの老人だった。

尖った帽子にローブ、長身である自身の身長とそう変わらないサイズの杖という完全な魔道士スタイル。青を基調にしたローブは星空のように宝石がちりばめられており、実戦用ではなく礼装の側面を思わせる。

わざわざ礼装を着ているということは、かなり位が高い人間のはずだ。

「リントくん、精霊出して」

「あー、わかった」

カゲロウを呼ぶといつもどおり、俺の周りに炎がまとわりつく。

「これは……まさか『精霊憑依』⁉　それもこんな高位の精霊を⁉」

まだ不完全なため精霊憑依はもどきではあるんだが、冒険者たちの俺を見る目が変わった。

老人もその表情を驚きに染めていた。

「と、いうことで、今後この子を見ても心配しないでね」

「グルゥ」

甘えるドラゴンを撫でるビレナを見て安心したのか、冒険者たちも納得して解散していく。

去っていく冒険者たちもそれぞれ高ランクのはずだ。その冒険者たちが俺を畏《おそ》れるように見つめる姿に妙な気持ちになる。

「まさかあのビレナについていける者がいるとはな……」

「にゃはは。リントくんはすごいんだよー？」

「そうだろう。騒ぎ立ててすまなかったな。少し話がしたい。よろしいか？」

先程の老人と話すビレナを見ると、ちゃんとした知り合いのようだ。騒ぎを起こしたのはこちらだというのにこんな対応をしてくれるあたり、かなりの人格者であることがうかがえる。

そして多分、ちゃんとした魔法使いっていうのも、この人だろう。

「紹介が遅れてすまない、リント殿。王都ギルドのギルドマスターを務めているヴィレントだ」

「ギルドマスター⁉」

思ったより大物だった。

王都のギルドマスターか……。であればこの服も纏うオーラも納得だ。

「元Sランク冒険者だよ」

ビレナが当然のようにさらっとそう付け足した。流石王都ギルドだ……。

もちろん地方のギルドでもマスターを務めるのは元高ランクが多いが、Sランクというのは本当にレベルが変わる。

その辺でほいほい見られるものではないのだ。

ビレナだって成り立て。他にSランクの冒険者はと聞かれれば、もはや聖女として社会的地位を確立した相手や、小国を築き上げた王など、そう簡単に会える存在でもない。

すごい人と話をすることになってしまった。

「立ち話もなんだ。中に入ると良い」

ギルドマスターヴィレントに通された先は、王都ギルドの受付カウンターを越えて、見たこともない蔵書コーナーの、さらに奥の個室だった。

「ここが一番いい。誰にも聞かれることがない」

「ヴィレントはそれを良いことに可愛い受付嬢を食い物に……」

「これこれ。わしは愛妻家なんだ。変な噂を立てないでくれ」

好々爺《こうこうや》然とした様子は先程の戦闘態勢と全く違う姿だ。

「にゃはは。ということでリントくん、心配しないでも私も襲われたりしてないからね！」

そんな心配はしてないんだが、つっこむと話が進まないので黙っておいた。

「さて、さっそくだが本題に入ろう。リリルナシル――聖女の話だ」

「ギルドマスターにまで話していたのか？」

「さっきね。協力してもらったほうがいいから」

なるほど。そんな大掛かりな……、いやまぁ大掛かりな話か。神国から国の象徴を奪おうというのだから。

いや待て奪うのか？　ほんとに？

大丈夫だろうか。

「もちろんわしのような立場で直接的にというわけにはいかないのだが、聖女の件は胸を痛めておってな」

「胸を痛める？」

「あら、リントくん何も知らなかったのか」

そんな殿上人の話を頭に入れるくらいなら明日の稼ぎを考える必要があったし、そもそも辺境に届く情報は数ヶ月ズレがある。

フレーメルではここ最近、聖女のせの字も聞くことはなかった。

「聖女のリリルナシル、リリィって呼んでたんだけどね。知ってることは知ってるよね？」

「ああ」

流石に名前くらいは知っている。神国を代表する人物……というより、政治に興味のない人間からすれば国のトップ、象徴が聖女様だ。

それにしてもリリィ、と言うからには知り合いだろうか？

ニュアンスから読み取る限り、仲が良かったのかもしれない。

「元々冒険者をしてたのも知ってる？」

「Sランク冒険者だよな？」

大陸有数の実力を持つ冒険者。

中でも回復魔法を中心とした聖属性魔法は稀代の才能を持ち、伝説の聖女とも言われている……だったはずだ。

「私とリリィは姉妹弟子なの。ヴィレントのね」

ギルドマスター、ヴィレントの顔を見ると大きく頷く。

そういうことか。だけど、何で胸を痛めると言ったのかまでは読めないな……。聖女って名誉だよな？　きっと。

まあ一つずつ聞いていくか。

「Sランク冒険者がどうしてまた聖女に……？」

「逆なの。もともとリリィは聖女だったんだけど、どうしてもって最後のわがままを通して、冒険者になった」

「で、Sランクに？」

すごい話だな……。Sランクはそんな簡単になれるものではない。

「相当実力があったんだな……」

俺の言葉にヴィレントが答えた。

「それについては疑惑もある。実力は折り紙つきではあるが、いかんせん昇格が早すぎた」

「聖女に戻らされる条件に、Sランク到達があったの……」

なるほど……。戻らされる、か……。

「神国のトップ、教皇ザウスルはいち早く聖女を手元に収めておきたかったようでな……」

そういうことか。

聞いている話じゃつまり、聖女様は望んで聖女をしているわけではない。むしろ冒険者でいたかったようにすら感じる。

だからそれを守れなかったことを、師として悔やんでいるのだろう。ヴィレントは。

「ギルドもひどいよね！　私ですらしばらくなれなかったんだから、ほんとならリリィとはもっと一緒にいられたはずだったのに……」

ギルドとて、どうしても大きな組織である以上、付き合いで融通をきかせるところは否めない。

そして神国の現教皇はその手の搦《から》め手《て》でのし上がった男……らしい。少なくともそういったことに躊躇《ちゅうちょ》はしないということだった。

だとしても聖女リリルナシルの実力もまた、疑う余地はないんだがな。

「まあ、そんな感じだから私たちはリリィを助けたいの」

ビレナの言葉に同意するようにうなずいてから、ヴィレントが大判の地図を持ってきながら話を始めた。

「まずは神国のことから改めて説明していったほうが良いな」

地図を広げる。

王国の東。森を突っ切る形で街道を通れば、王国の十分の一にも満たない小国が現れる。これを指差しながら説明が始まった。

「まず位置関係。リント殿の故郷、フレーメルとは森を挟んで隣国となるのが神国だ」

そこまでは理解している。

どのくらいの距離かは知らなかったが、王都にいくより遠い上に森を突っ切る必要があることを考えるとかなり大変だということはわかった。

「神国はね、国民の全員が魔法使いなんだよ」

「うぇ⁉」

思わず変な声が出た。

「この規模の小国が攻め込まれずに潰れず残っている理由の一つはそれだ」

非常に宗教色の強い国であり、王国内にも信者が多い。本格的な信仰をしていなくとも、何かありがたいものとしての認識は一般的に広まっているのだ。

そのため神国はある程度の影響力を王国に持ち合わせており、周辺国家においても同じ状況だった。

その上単純な戦力としても、国民全員が魔法使い――平均してCランクの戦力となれば、迂闊に手が出せないのもわかる。

「魔法使いって……魔法が使えるだけで王国じゃ仕事に困らないのに贅沢な……」

「厳密に言えばまぁ、魔法が使えない子は信仰が足りないとかで殺されちゃうからなんだけどね」

「それは……」

残酷な話だな……。

「とはいえ最近はそういった話もほとんどないと聞いておる」

「魔法使いしかいない国だしね。よっぽどのことがない限り魔法使いしか生まれなくなっちゃったんだって」

「なるほど……」

王国貴族でも魔法使いの家系というのはいくつかあるしな。

まさにフレーメルを治めているビハイド家もそうだった気がする。かなり排他的な魔法使い一族で、魔法が使えない親族は生き残れないとか……。

「というわけでまぁ、国民がみなそれだけの力を持ちながら、それでも国が荒れずに済んでいたのはひとえに神の教えのおかげだったわけだが……」

「神の教え？」

「神国の教えで、唯一神である畏《かしこ》き神の名の下に一つにならなければならないとある」

「一つに……？」

「要するにまぁ、みんな仲良くねとか、そんな感じー」

ビレナの説明は雑だがわかりやすいな……。そしてビレナがもう一歩踏み込んだ説明を加える。

「ま、実際には教皇、枢機卿の言うとおりにしないと駄目だよって国だね」

「そうなのか……？」

ヴィレントを見ると静かに頷いた。

「教皇の圧政の噂は聞いておろう？」

「そのくらいは……」

神国に自由はない。

全員が教皇を崇《あが》めることを必須とした神教を強制されており、国から出ることができるのはごく限られた聖職者と、唯一の武装集団である教皇の近衛騎士団のみだったはずだ。

だが国民のほとんどがそれを当然のこととして受け入れているとも聞いていた。圧政と捉えるのは王国から見た時の見え方でしかないと。

だがヴィレントの口から実態が告げられる。

「それを不満に思うものも、やはりそれなりにはいたのだ」

まあ気持ちはわかる。

「その不満を受け止める形で力を伸ばしてきたのが、枢機卿キラエムなんだけどね」

枢機卿と言えば教皇に次ぐ神国のナンバーツーだったよな。

「神国に現在、枢機卿はこのキラエムしかおらん。勢力を二分する形で神国には大きな歪《ひずみ》が生まれていたのだ」

ビレナとヴィレントから当たり前のように出てくる情報。ヴィレントはともかくビレナが何故ここまで詳しいのか気になるが、まあいいか。とりあえず最後まで聞こう。と思っていたらビレナの口からすぐ答えが告げられた。

「リリィから私とヴィレントに連絡が来てるの」

「連絡が……？」

「うん。神国でクーデターが起きたって」

「クーデター⁉」

大事《おおごと》じゃないか……。

「教皇と聖女は近々王国に来訪する予定があった。何か起きるとすればそのタイミングと思っていたのだが」

「不在時を狙って実効支配をしようってことだったのか」

「そうだな。だが実際には、教皇の最強のカードである滅龍騎士団が不在になったタイミングでクーデターが起きた。キラエムはこの機に教皇を殺し、確実に神国を支配するつもりだったらしい」

隣の国でそんなことが起きているとは思ってもみなかった。

むしろ何となく、聖女と一緒に教皇も来る平和的なイメージしかなかったくらいだ。

「どうやらクーデターは概ね成功したようだが、最大の目的である教皇は捕らえきれず、リリィもこちらに来ると連絡があった」

「予定通り王都来訪とかパレードとかはやるつもりでいるみたいだって。教皇」

「それは何というか……」

のんきな話に思えるな……?

「だが意味はある。というより、教皇にしてみればもう、それしか手がないのだ」

「どういうことだ?」

「パレードというか、来訪イベントって基本的に貴族と王族への挨拶まわりみたいなものらしいから、そこで仲間を集められれば国に帰れるし、そうじゃなければもうどうしようもないって」

なるほど……。

とにかくクーデターが起きたことと、教皇と聖女がこちらに向かって来ていることはわかった。

国の不満をまとめ上げる形で枢機卿キラエムが反乱に踏み切ったという立て前らしいが、実際には野心家の二人がぶつかり合っているのはもともと有名な話だったらしい。

「神国は信仰を集めるために聖女を神の使いとして、格だけでいえば教皇よりも上の地位を与えている」

「そうなのか」

「聖女が教皇と一緒にこっちにいる間は、クーデターは成功とは言い切れない。でもまあ、聖女はともかく教皇はノコノコ帰れば死ぬだけだし、王国で味方が見つからなかったらおしまいだけどね」

ビレナは完全に他人事だった。まあ他人事なんだけど。

「だが一応見た目上、わざわざ自分よりも位の高い聖女を連れて教皇まで直接来るわけだ。王国としては動かざるを得ない」

「なるほど……？」

頭がこんがらかってきたので状況を整理する。

とにかく神国ではいま、教皇と枢機卿による争いがクーデターになるまで発展している。

神国内では概ね枢機卿側が支配した形だけど、教皇は王国に逃げ延びている。

武力はともかく、影響力が大きいのは聖女で、これはどちらも狙っているカード……。

立場上一番上である聖女というカードを、教皇と枢機卿が奪い合っている状況もある……こんなところだろうか。

今は一旦教皇のもとにそのカードがあるが、その教皇が国に戻るには兵力が必要……。

「クーデターって、聖女を取ったほうが勝ちってことになる……？」

「んー、まあそうとも言えるかも？　結局教皇が勝ってもキラエムが勝っても、混乱する国を治めるためには一番求心力の強いリリィがいたほうがいいのは確かだね」

聖女の存在はそれだけ大切らしい。

「そもそもだけど、王国って神国と仲いいんだっけ？」

「そうだな。それなりにつながりが深い。隣国で混乱が起きていることを良しとしない貴族も多いな」

王国は基本的に教皇側が多いということだろうか。

何かあるとそれを火種にして騒ぎが広がる恐れがあるので、元の状態に戻したい貴族が多い、とヴィレントは加えた。

「てことは俺たちは、聖女と教皇を助けるってことか？」

「んーん。教皇から聖女を奪って神国を乗っ取る」

「は？」

ビレナのあまりにめちゃくちゃな話に耳を疑うが、ヴィレントが慌てる素振りを見せないところをみるに、その作戦は了承済みのようだ。いや少し、諦めているだけにも見えるけど……。

「聖女様って今の話だと教皇とセットって話じゃなかったのか？」

そりゃ聖女はやりたくないという話は聞いたけど、まさかそこまでなのか……？

「リリィは利用されてただけ。いまのリリィの目的は、自由になることだよ」

「自由……か」

「本来であれば事を大きくするのは王国のためを思えば良いことではない……が、可愛い教え子から直接助けを求められておるのだ。今回だけは、ビレナを信じて任せよう」

ヴィレントの諦めている顔はそれでか……。

立場上穏便に済ませたい気持ちと、聖女様への思いを天秤にかけて、後者を選んだわけだ。

神国から聖女を救い出すというのはつまり、国同士の問題になったとしても許容するということになる。立場上受け入れがたいことは容易に想像できる話だ。

「さて、ここまでの話をまとめて、これからのことを決めようかの」

ヴィレントに応えるようにビレナが言葉を続けた。

「教皇とリリィは逃げてくるんだけど、王国としては仲の良い神国の教皇と聖女が来る以上、何か助けてあげないといけないことになりそうなの」

「そうなのか……」

助けるってことは……もし本当にクーデターから逃げてくるんだとしたら、それはすなわち、神国国土に残る戦力と、王国兵士たちによる戦争が起きることになる。

「だから正式に助けを求められる前に教皇を捕まえて、リリィを助けます！」

ビレナが元気に宣言する。

楽しそうで何よりだ。いや何よりじゃない。俺も行くってことだこれ……。

尻込みする俺をやる気にさせたのは、ヴィレントのギルドマスターとしての一言だった。

「これは秘密裏ではあるが、ギルドからの依頼として処理しよう」

「ギルドからの……それって！」

思わず興奮に声をあげてしまった。

秘密裏の依頼……特別依頼だ。

高位の冒険者が国や貴族、ギルドから直接依頼を受けるというあれだ……！　噂には聞いていたし憧れもあった。こんなにも早くそれを受けることができるなんて……。

「すぐに実績に結びつけるとややこしいからな。今はわしからの報酬しか用意できんが……無事達成すれば金貨百枚を出そう」

「金貨百枚⁉」

途方もない数字に目が眩む。俺が一生かけても稼げなかっただろう金額だ。多分。

細かい計算は出来ないけどな。

「うまく事を収めればギルド内でも実績としても処理できる。そうすればそうだな……Bランクくらいまでであれば、わし一人の裁量で十分あげられるであろうな」

「Bランク……」

すごい単語がどんどん飛び交うので頭の中がついていかなくなってきていた。

すでに身に余るほどのランクであるCランクになったわけだが、特別依頼に金貨百枚、さらにBランク昇格までちらつくとなれば俄然やる気も湧いてくるというものだった。

「じゃ、リリィのところに行こっか」

「国内の宿泊施設の位置と、リリィから届いておる暗号から場所は絞り込めておる」

ヴィレントがいくつかの地図を出す。

「神国に踏み込むわけじゃないんだよな？」

念の為確認しておいた。

「うん。もう二人とも王国内に入ってるから」

「良かった」

「よーし」

ビレナがもう出発したくてウズウズしていた。

「聖女様の保護と教皇の身柄の確保でいいんだよな？」

「そうだな。くれぐれも事を荒立てんように……」

「教皇とかキラエムとかは見つけたらぶっ飛ばしちゃっていいよね？」

「いや駄目だろ⁉　今の話聞いてたか⁉」

念の為ヴィレントの表情を確認するが、呆れた様子で何も言うまいという姿勢になっていた。

言ってやってくれ、元師匠だろ！

「まあ、なるべくこちらでフォローはするが……程々に頼むぞ」

「はーい」

「くれぐれも、程々に頼む……」

軽い返事で部屋を飛び出そうとするビレナでなく、俺の方を向いてそう告げるヴィレント。

だがよく考えてほしい。俺にビレナが止められるわけがないだろう？

「……できることはするけど……」

すべてを諦めたヴィレントの顔は、話し始める前よりシワが増えている気さえしていた。

「ん？　教皇とキラエムと、リリィと、あと何かいた気がしたんだけど……」

出発直前のビレナの足が止まる。

「一人、問題になるのがおろう」

「あ」

ヴィレントの言葉にビレナはピンときたらしい。

俺はさっぱりだったがすぐに答えを教えてくれた。

「滅龍騎士団団長、バロン」

「バロン……？」

「『竜殺し』のバロン。ドラゴンテイマーのリント殿とは対極だな」

竜殺し……。

それだけでもう、その人物の実力がうかがい知れるというものだ。

「Sランクか」

「んー、リリィと違って一度も冒険者になったりしてないから何とも言えないけど、強さだけで言えばSランクだねえ」

「危険度Aの竜を単騎で倒しきったことで付いた異名だからな。少なくとも一人でAランクを超える。竜殺しとなればインパクトも十分。わしの管轄であれば、Sランクに認定するだろう」

王都ギルドのマスターが言うのだから間違いないだろう。

「ん？　騎士団ってことは、バロン以外も強いのか？」

「いや、全然」

二人によるとバロン以外はCランク相当、つまり神国国民の平均値でしかないらしい。

とはいえ俺からすればCランクって十分なレベルなんだけどな……。

「で、そのバロンはどこに？」

「教皇とリリィを追ってこっちに来てるとは思う」

「一応聞くけど味方？　敵？」

「敵」

「むしろ最大の障壁だろうて……」

ヴィレントが重々しく呟いた。

「くれぐれも手出しをするでないぞ……。この際教皇やキラエムはともかく、あれとぶつかるなら少し考えよ」

「教皇やキラエムは良いのかよ……」

だがヴィレントがそう言うということは、相当重要な人物か、よほど強いかだが……。

「聖女様と一緒でややこしい身分だったりするのか？」

「いや、単純に強い」

「ま、私の方が強いけどね」

ビレナが軽く告げる。

じゃあ問題ないのではと思ってヴィレントの方を向くが、静かに首を振った。

「確かに強いがな……相手も強いのだ。Sランク同士が衝突すれば大陸の地図が変わるとまで言われておるのだから、この時点で手を出してはならん」

「あー……」

なるほど。

二人ともがめちゃくちゃな強さだから問題なのか。

「ま、あっさり倒しちゃえば良いんだけどね」

「くれぐれも手を出すでないぞ……？」

「あっさりでも？」

「闇討ちでいくにせよ、失敗したら正面からやり合うだろうが……お主は」

「にゃはは」

これは戦わせちゃいけないな……。

「やるならリント殿に戦わせればよかろう」

「殺す気か⁉」

「Cランクとは言えドラゴンテイマー。さらにSランクの精霊使いだ。十分戦えるのではないか？」

「あ、いいね！　それなら譲るよー」

「いやいや⁉　相手Sランクなんだよな？」

正気か？

一瞬でゴミ同然にあしらわれて終わるだろ……。自分で死ににいくようなもんだぞ……。

「相性というものもあろうて」

「いやいや、それは実力が拮抗《きっこう》してるときしか役に立たないだろ」

「ま、何とかなるってー！」

ヴィレントを睨むが、まあいまビレナを大人しくさせておくためにはこれが一番か……。

「じゃ、とりあえずリリィを探して、教皇とキラエムをぶっ飛ばして、バロンはリントくんがやっつければいいいね！」

「まず聖女の身柄を押さえる点だが、ビレナとの関係を考えればまぁ、その辺りはさほど問題にならんだろう」

「そうそう！　ぴっと行ってぱっと助けてテイムしちゃえば終わり！」

「テイムはするのか……？」

「前も言ったけど多分、性格的に自分からでもお願いしてくるって！」

「ほんとかよ……」

「ふふ。会ってからのお楽しみだねえ」

ヴィレントが否定しないところを見るとそうなのかもしれないのが怖いところだな……。

進み始めたビレナは止まらない。諦めてついていくことにした。

「よろしく頼むぞ」

ヴィレントの声にとりあえず手をあげておく。期待するなという気持ちを込めて。

「さーて、ギルちゃんには頑張ってもらわないとねえ！」

「グルルルルル」

気持ちよさそうに鳴くギルを撫でてやる。

ずっとギルドの前でおとなしく待っていたらしい。良い子だな。

何かコミュニケーションをとるのに肉でも持っていればよかったかもしれない。今度からちょっと、集めておくのもいいかもな。

「じゃ、しゅっぱーつ！」

ビレナの掛け声に合わせて、ギルに合図を出した。

「気持ちいいー！」

「快適だな……」

ビレナに半ば引きずられていたことを考えれば、やはりギルの上は天国だった。

「さてとー、何だっけ、リリィを探してバロンをぶっ飛ばすんだっけ」

「いや、まずは神国の状況確認。バロンは見つけてもまだぶっ飛ばさない！」

「にゃはは。わかってるってー。リントくんがぶっ飛ばすもんね！」

まあ……とりあえずはそういうことにしておこう……。

「ヴィレントからもらった宿屋の情報だといくつか候補があったけど、多分一発で引き当てられるよ」

「そうなのか？」

今回の来訪はお忍びではないものの、要人は自らの身を自ら守るのが基本だ。

宿泊先の情報は一般的には知られないようにする。

とはいえ宿に防御力はないから、だいたい警備の状況で予測はつくんだけどな……。

ただ、そういう意味では聖女はSランクだから、宿がどこでも良いのかもしれない。そんな中でヒントは多いとは言え一発で当てられるというビレナは、何か聖女様と強い絆のようなものがあるのかもしれなかった。

「多分近くに教皇もいるんだけど……先にリリィのとこに行っちゃっていいよね？」

「そうだな」

居場所がわかっている方を優先してしまっていいだろう。

「ほんとは滅龍騎士団、特にバロンは見ておきたかったんだけどね」

「いや、戦うなって言われてるからな？」

「にゃはは。大丈夫大丈夫。バロン以外なら大したことないから」

「そういう問題じゃないからな⁉」

いやでも、実際の強さを見られるのであれば見ておきたいという気持ちはわからなくはないけどな……。

「ビレナ、もしかしてだけど道中で滅龍騎士団見つけたら襲ったりしないよな……？」

「まさか！　ちゃーんと話し合った上で、しっかり決闘にするよ！」

「駄目に決まってんだろ！　バロンが動いたらどうするんだよ！」

「その時はほら、リントくんがバーンと倒しちゃうから」

「頼むからもう少しおとなしく待っててくれ……」

いまSランクと戦ったら骨も残らないぞ……。

「むー……ま、でも見たいのは見たいなぁ」

「見るだけで済むならいいんだけどな……」

絶対にそうはならないだろう。

「にゃはは。ま、先にリリィのとこに行こっか！」

「ああ」

ビレナの指示に従ってギルを飛ばす。

ギルの上でずっと、リリィと呼ばれる聖女様がいかに巨乳かをこんこんと話し続けられていた。そして突然ギルの上でこんなことをし始める。

「私じゃ満足できなくなっちゃうかもだから、今のうちに楽しんでもらおっと」

おもむろにビレナが着ていた服をはだけてこちらにアピールしてきたのだ。

「いやこんなところで胸を出すな！」

「ふーん……触りたく、ない？」

挑発的に振り返るビレナ。

もちろん、触りたくないなんてことはない。

「にゃははー。揉んでも吸ってもいいからね？」

ギルの上で出来ることは限られる。

でもせっかくならビレナを感じさせたい。

「覚悟しろよ」

「にゃはは。かかってこー――ひゃっ⁉」

「落ちないようにしっかり掴まってな？」

「ちょっと！　耳はずる……ひゃぁっ」

「こらこら、手を離したら危ないだろ」

「むー！」

両手が使えないのをいいことに、弱点の耳を重点的に舐めながらさらけ出された乳房の先端を念入りに攻め続けた。

「ふっ……んっ……リントくっんっ……だめだめ」

「自分から誘ってきたのに」

「こんなに夢中になられると思ってなかったんだも――ひゃっ！　んっ……だめだってばー！」

空の旅を続けながらずっと、ビレナを責め続けていた。


結果……。

「早くリリィのとこにいくよ……」

地上に立ったときには、顔を真っ赤にして完全に夜モードになったビレナがいた。

ギルには近くの森に隠れてもらい、俺たちだけ宿まで走ってきたのだが、ビレナは到着してわずか数秒のうちに辺りにいた守衛をすべて無力化していた。もう完全に早くベッドに行きたい顔だった。

「これは警備が薄いのか……いやビレナがおかしいだけだな……」

「ふっ……んっ……はやく……」

何もしてないというのに風にあたるだけで声を上げるビレナ。

警備が手薄というより、いつもよりあっさり早く決着付けたビレナの力が大きいだろう。

いまや聖女様を守るために配置された護衛は、一人残らず眠りについている。

「さて……。いよいよ聖女様とご対面だね」

火照った顔のビレナが告げる。

「ほんとにいいのか？」

「大丈夫大丈夫！」

「緊張するな……」

今いるのは聖女様が泊まっている部屋の前。ビレナの推測通りここが聖女の部屋であることは、ここまで出会った大量の見張りが証明している。残念ながら見張りの意味などビレナを前にすれば何も関係なくなってしまったわけだが……。

本当にこれだけの大人物にアポ無し直撃で本当に良いのだろ——

「とつげきー！　久しぶり！　リリィ！」

俺の葛藤も虚しく、ビレナはもう部屋に飛び込んでいた。

「わわっ⁉」

部屋に入ったら罠でした！　みたいな展開でなかったのは良かった。知り合いというのは本当だったようで、影武者だとかそういうこともないことは確認できる。

ただ——

「男の子を連れてくるならノックくらいはして下さい！」

「にゃははー」

初対面の聖女様は、バスタオル一枚しか身につけていなかった。

事前情報通り大きなそれを隠すには心もとなく、色々とまろび出ていた。

それはもう立派なものが。

「もうっ！　確かにヴィレントとビレナには居場所がわかるように情報は出していたのでそのうち来るだろうことはわかっていましたが……まさかこんな形で来るとは……」

「えっとね、こっちはリントくんっていうんだよ！」

「何食わぬ顔で紹介を始めないで下さい！　私初対面で名前も知らない男の人の前で裸ですよ⁉」

「だから今名前は教えとこうかと思って……」

ビレナは相変わらずめちゃくちゃだった。

「お嫁にいけないです……！　責任取ってもらいますよっ⁉」

「そこは心配しないでいいよ。今からちゃんと責任とるから」

「え、嘘⁉　それは冗談で……」

「いいからやるよ！」

「えっと私男の人は経験な――あっ」

半裸というかもはや全裸な聖女様に襲いかかる、見た目は美少女の獣人ビレナ。目を逸らすのがマナーなのだろうがまあいっかと思ってガン見してしまった。眼福眼福。

「見られて……」

「大丈夫大丈夫」

ビレナの愛撫《こうげき》に抵抗する力をなくす聖女様。全然大丈夫ではないよな。

でもほんとに大きいな……。ビレナはスレンダーなのにそれなりにあるといういいとこ取りだったわけだが、聖女様は小柄なのに包容力があるという奇跡的な矛盾を孕《はら》んだ素晴らしい体つきだった。

さすが神の使い。神の奇跡をその身で体現している。

「というより！　遠慮がなさすぎませんかっ？　うら若き乙女の肌を無遠慮に見すぎです！」

「リリィ、ごめんね？　我慢できないかも？」

「それはどういう……ってもうすっかり出来上がってるじゃないですかっ！」

パタパタと真っ赤なビレナと俺の間で交互に視線を彷徨《さまよ》わせる聖女様。

もちろんバスタオルはビレナに剥ぎ取られているためおっぱいがばっちり丸見えだった。一応片手で押さえているけど全くもって隠しきれていない。

素晴らしすぎる。

「リントくんもおいで？」

「ちょっとビレナ!?」

慌ててビレナに抗議する聖女様だったが、ビレナは聖女様の耳元に顔を持ってきた。

「ひゃんっ！」

「にゃはは」

ひと舐めして聖女様の可愛い声を聞かせてくれたあとで、何かをこっそり耳打ちしていた。

赤かった顔をさらに真っ赤にして何か考え込む聖女様。

そして――

「えっと……不束者《ふつつかもの》ですが……」

「今の一瞬で一体何が……」

裸のまま三つ指をつく聖女様がそこにいた。

「ふふ。やっぱり、この子もほら、Sランクになるような子だから、リントくんの話したらすぐだったよ」

「それって……」

「テイムしてください、私も。ビレナを見たらわかります。私が聖女なんてやらされてる間に随分差をつけられたなーと思っていたら……一瞬で強くなる手段があるなんて……」

自力で高ランクになった人間が一瞬で強くなるという表現も……いやまあいいか。

「このままだと随分差をつけられたままになっちゃいます。その差を埋めるためなら聖女の祝福《はじめて》も捧げます」

「何でそこまで……」

「にゃはは。高ランクなんてみんなどこかぶっ飛んでるんだから考えたってムダムダー！」

ビレナが言うと説得力が違った。

「じゃあ、えっと……よろしくお願いします」

「お手柔らかに」

「よーし！　待ちきれない！　とりあえずリントくん、来て？」

「ああ……」

ずっとお預けを食らっていた状態だったビレナは我慢の限界らしい。

ベッドの上でM字開脚になってあそこを自分から広げて誘ってきていた。

「あのビレナをこんな状態にするなんて……」

聖女様が何故かつばを飲み込んでいた。

それはまあいいとして、ビレナの相手に集中しないと襲われそうなのでそちらに集中する。

「んっ……ふっ！　んぅっ！」

「びしょびしょだな……」

「だって！　もうずっと待ってたのに……！　あぁっ！」

いつも一方的に責められていたビレナの身体を、こうして自分のペースで愉《たの》しめるのは貴重な体験だった。

だから油断していたといえばそうなんだが……。

「なっ⁉」

「んっ……ご主人さま、いかがですか？」

手の空いていた聖女様が後ろから襲ってきた。しかも何故か呼び方が「ご主人さま」になってる。

急にどうしたんだ⁉

「リントくん、リリィは聖女だからご奉仕上手でしょ？」

「いや、それは聖女関係あるのか……⁉」

後ろから的確に弱点を口で責めてくる聖女様。

当然俺はビレナとしているので責められる場所は自ずと決まってくる。玉舐めから何とアナル責めまでのご奉仕プレイだった。気持ちいいけど、気持ちよすぎて俺が持たない。

「ふふ。私も……んっ……限界だから、一緒に？」

「ああ……」

余裕があったはずなのにあっという間に聖女様に限界値まで持っていかれた俺もビレナに合わせるしかない。

「イッてください。ご主人さま」

「くっ……」

「んっ……あっ！　リントくん？　来て」

二人がかりで責められるような形になり、抵抗する間もなくあっさり一回目のフィニッシュを迎えさせられることになる。

「んっ！　あっ！　いい！　んっ……あぁぁぁぁあああああああ」

「はぁ……よし……」

何とかビレナをイカせられたのだけは良かったと思おう。

だが、休む間もなく聖女様に捕まった。

「ご主人さま……その……お願いします……」

四つん這いになってお尻を突き出す聖女様の姿があった。

「えっと……その体勢でいいのか……？　聖女様は」

「もちろんです。ですが他人行儀でちょっとショックです」

むっちりしたお尻をこちらに向けたまま、顔だけシュンとうなだれた聖女様。

どうすればいいんだ……。

「ご主人さまはぜひ、リリィとお呼びください」

「リリィ、か……」

「はいっ！」

嬉しそうに顔をあげたリリィ。その瞬間にその巨大なおっぱいもぷるんと揺れたのを見て、俺の息子は完全復活を果たしていた。

「じゃあ、いくぞ？　リリィ」

「はい！　ご主人さまの立派なもので、私の卑しい身体をめちゃくちゃにしてください」

さっきの責めからは考えられないほどMっぽくなったリリィ。両刀いけるのか……。すごい才能だ。

「んっ……あぁぁぁあああああああ」

「入れただけで⁉」

「んっ……あ……お気に……なさらず……動いてください……んっ……あぁっ……ご主人……んっ……さまっ！　あぁっ！」

「ああ……」

「んっ！　あぁっ、あっ……あっ！　あっ！　あ……あああぁあああああああ」

ビレナよりもリリィは感じやすいようだ。ひたすらイキまくってくれるのはこちらとしても気持ちいいんだが、問題も生じていた。

「リリィ……締め付けすぎ……」

「んっ！　あぁ！　んっ！　んぅっ！　はっ……あああああぁあぁぁぁあぁあ」

聞いている余裕もないくらいのイキっぱなし状態だった。

結果的に何が起きてるかと言うと、リリィがイクたび痙攣して中が締め付けられすぎるせいで、きつい。

「んぁ……ご主人さま……私にも、テイム、してくださいますか……？」

「こんな勢いで決めるものか⁉」

「大丈……んっ……夫、です。あぁっ」

頼まれたものの本当にいいのか？　国際問題とかにならない？　これ。

「大丈夫大丈夫。リントくんなら何とかなるって！」

「全然参考にならない！」

ビレナはいつもどおり適当だった。

「これ……絶対テイムされてたほうが……んっ！　気持ち……いいっ！」

「そんな理由で……？」

「にゃはは。そうだよー？　気持ちいいよぉ？　リントくんと文字通り身も心もつながれるんだからそりゃもう……」

「ずるい！　ご主人さま……！　お願いします！」

「わかったけど……」

一応そのつもりで始まったはずだしいいだろう。

というよりもう、なるようになれだ！

『テイム』

完了まではあっという間だった。

自分でも驚くほどに、抵抗もなく聖女様のテイムに成功する。

キャパシティの概念がもし強さに影響するのだとすれば、俺のテイマーとしての素質は……という期待が一瞬頭をよぎったが、多分これ、抵抗されるほど、その力を押さえつけるために使うのがキャパシティなんだなと感じ始めていた。だから信頼関係を軸にしたテイマーが強いんだろうな……。

と、余計なことを考えながらも腰は動かし続けていた。というよりもはや俺のものを聖女様が離さず、その状態で向こうが動くせいで腰を持っていかれているのが現状だった。

「はっ……すごい……男の人、こんな…………あっ！」

「ふふ。ちょっと手伝ってあげる」

「ビレナ⁉　待って……あっ、いまそれ……だめっ……あっ……あぁぁぁぁああああああ」

結局二人がかりでこれでもかというほど搾り取られた。

◇

ようやく二人を満足させて一息ついた。

お手柔らかにしてもらう必要があるのはこっちだった……。

とても良かったが同時に失うものが多かった。物理的に。

「流石にキツい……」

「ふふ……ご主人さま、可愛いです」

リリィに撫でられてベッドに沈む。

「良かったでしょ？」

「こんなに良いならもっと早く知っておくべきだったかもしれません……いやまぁ、ご主人さまに会えるまで取っておけたなら良かったのかもしれませんが……」

頬を染めてこちらへ抱きつくリリィ。ビレナの時にはなかったいじらしさがあった。

もともとはテイムのために来たはずが気づいたらこうなっていたわけだが……。テイムするだけならそこまでやる必要はないという話に関しては、この場で口に出す野暮な人間は誰もいなかった。

「ふふ。リリィは昔からむっつりだったからなぁー」

「ちょっとビレナ⁉」

「あのねリントくん、リリィは何だかんだ神国に縛られっぱなしだったから、こんな身体をしてるのに男慣れしてなくてね……」

「もうっ！　ちょっと！　怒りますよ⁉」

「にゃはは」

にぎやかな二人だった。

そして本当に仲のいいことを窺わせてくれていた。

ただそんなことばかりやってる場合でもない。

「さて、これからどうしよっか」

「もうこれだけ力があったらどこにでもいける気がしますけど……」

やはりリリィも力が強まったらしく、いまなら死んで数秒の生き物なら生き返らせることができそうとか言い出す始末だった。

「あ、ちょうどいいところに虫が」

――パチン！　とビレナが一瞬で捕まえて潰した羽虫を持ってきた。

「いくら何でも原形すらとどめてないぞこれ……？」

加減していたとはいえビレナの力で粉砕された虫は、一片も身体の原形をとどめていなかった。

だが、気にする素振りもなくリリィはその黒い染みに手をかざした。

「ヒール」

「ヒールって初級魔法なんじゃ……」

「ふふ。大抵のことはヒールで何とかなるんですよ、ご主人さま」

その言葉通りだろうか。ただの黒い染みになっていた死んだはずの虫が光に包まれたかと思うと、
次の瞬間には綺麗にもとに戻って飛び立っていった。

「まじかよ……」

何だこれ……。いっそ怖いぞ……？

「これは流石に公開できる情報じゃないな……」

「ご主人さまの力もその範囲なんですけどね。十分に……」

そう言われてもあまり実感がないのがテイマーの悲しいところかもしれない。

拳を振るうだけで衝撃が飛ばせたり、死者蘇生の禁忌魔法が使えたりすれば違うんだろうけどなぁ。

まぁいまはそんなことよりリリィをどうするかだな。

リリィのもとに飛び込んできたのはいいが、明日聖女様がいなくなっていましたとなると王都でも大騒ぎになる。

「で、神国っていまどうなってんの？」

「ああ、どこからお話ししましょうか」

リリィが真剣な表情になる。こうしてみると本当に、オーラがあるな……。

さすが聖女様だ。

「リントくん、見惚《みと》れてないで！」

「あ、ああ……」

ちょっと不服そうなビレナが腕をとって横に座らせてきた。

「ふふ……。クーデターが起きた後、私は教皇を連れてここまで来ました」

改めて聖女の口から聞くと、かなりの大事に首を突っ込んだんだなと思い知らされた。

「リリィがここにいるってことは、クーデターは微妙な感じ？」

「いえ、クーデターはほぼ成功。いまの神国は元枢機卿キラエムを中心にした勢力が実権を握っています」

なるほど……。

リリィの言葉には続きがある。

「ですがやはり、教皇を取り逃がしたことと、私がここにいることは、キラエムにとって大きな問題でしょうね」

なるほど。ここまでもまあ、織り込み済みの話だった。

「どちらかというとリリィのほうが問題だよね」

「まぁ、そうかもしれません……」

教皇より立場は上とか言ってたしな。

「神国は信仰ありきの国です。国民のほとんどが魔法を使い、神という名の教えを信じています」

改めて聞いてもすごい。

全員が魔法使いってどんな国なんだ……。強すぎる。

「神の使いたる私の存在は、国民の感情を操作するために非常に都合の良いカードなんです」

「聖女様がそれを言うと身も蓋もないな……」

乾いた笑いを浮かべながらリリィは話を続けた。

「とにかく、キラエムとしては私たちを取り逃がしたままにするつもりはないでしょうが、一方で教皇もこのまま逃げるだけのつもりもないですね」

「どうするんだ？」

「教皇は戦力を整えたらキラエムから神国を奪還するために動きますし、キラエムはそれを待ち構えています」

「リリィは？」

「私は今のところ教皇側という立ち位置でカウントされていると思いますが……見ての通りその気はさらさらありませんね」

そのようだな。

「私はこの混乱に乗じて、死んだことにでもしてまた冒険者でもやろうと思っていたんです」

「だからそれとなく私たちにメッセージを送ってたんだねぇ」

「ええ……聖女が死んだという報が流れる前に二人には知らせておこうと思って」

「ま、今会えちゃったし、テイムもしたからまた話が変わるね」

「そうですね……」

何が変わるのかわからなかったが、あとで説明するという顔を向けられたので黙っておいた。

「そもそも聖女というのも、もう必要があるのかどうかという気もしますからね」

「ただ聖魔法の適性が高いだけって話だもんね」

「はい。もちろん聖属性の使い手として神国の崇める神から力を受けるということはやっていますが……天啓やら教えなんていう都合のいいものはありませんからね……」

「なるほど……」

聖職者は祈りを捧げることで神から力を授かる……らしい。

魔法の力は祈りの力であり、信仰が重要である。この結果、神国では魔法が使えないものが非国民として迫害を受けてきたという歴史まであると教わった。

「結局魔法は才能です。最近の神国に魔法使いしか生まれなくなったのは、信仰のおかげではなく単純に魔法使い同士が子供を生むからですしね」

バサバサ行くなぁ、神国国民の事実上の支柱のはずだけど。

「とはいえ、全くないわけでもないのが面白いところなんですけどね」

そう言って祈るポーズをするリリィは確かに神々しい。

いや待てこれほんとに光ってるぞ？

「いまのが祈りの奇跡と呼ばれるものですが……高位の聖職者は祈りを捧げるだけでこうして光り輝く、ということになっています」

「真相は？」

「祈りと魔法を連動させすぎた結果、祈ると魔力粒子が周囲を纏うようになった……でしょうか。まぁ結局、神のおかげと思えばそうですし、そうじゃないと言えばそうじゃないんですよね」

「なるほど……？」

「ま、この辺りはご主人さまもおいおいわかります」

「わかるのか？」

魔法の才能、全くないんだけど……。そういうのもカゲロウが助けてくれたりするんだろうか？

「キュク？」

一瞬だけ呼びかけるとミニカゲロウが肩に乗っかって首をかしげていた。

「可愛い！」

「うちのエースだな」

「気になっていたのですが、あっちの子も……？」

「ああ。おいでキュルケ」

「きゅきゅー！」

俺たちがああいうことを始めると、部屋の隅っこで眠り始めるのがキュルケのルーティーンのようになっていた。

呼びかけるとすぐにふわふわとこちらに飛んできた。

「これ……もしかしなくても『存在進化』……ですよね？」

「おお、わかるんだなぁ、聖女様ってすごいな……」

「いえ……これはなんというか、私にもいま同じことが起きているのでわかったといいますか」

「どういうことだ？」

「多分この力を使ったら私もそうなります」

「え？」

そうなる……？

「多分、『天使化』できます」

「は？」

「ほら」

そういってふわりとベッドから降り立つと、重力に逆らってリリィの身体が浮き上がる。

同時に身体から光を放ち、光の渦から羽が生まれていた。

「これを見せたらもう、聖女様は天に還りましたとか言っても何とかなる気はしますね。明日からいなくなっても」

「まじか……」

ビレナの角も大概だが、こちらもインパクトが強かった。

二人とも好きに変身できるようで、ビレナにいま角は生えてないし、リリィもすぐに羽を引っ込めていた。

「あれからも研究してたんだねー。天使化」

「聖女なんて退屈で仕方なかったですが、この手の文献だけは一番情報がはいりますからね」

どうやら天使化というスキルは元々あるものらしい。

聞いたこともない話だったが、リリィはずっとその研究はしていたらしかった。

「天使化した人間はそれまでと比べて聖属性の魔法適性が五段階あがります」

「寿命の概念もなくなるしね」

軽いノリで出てくるとんでもない話たちに言葉がでない。

寿命ってなくなるのか……。

いやそれよりこっちだ。

ビレナの話にいちいち突っ込むのはもう諦めていたが、これは看過できないレベルだ。

「適性五段階って……」

「Dランクが天使化するとSランクになるねー」

「現実的にDランクから天使化はありえないのですが、計算としてはそうですね」

要するにビレナと出会う前。ギルもカゲロウもいなかった俺が一瞬でSランクの力を身につけると、
そういうことか……。

何だそれ……。

「私は元々Sランクだったから、+が五つ付くことになります」

「もう意味がわからない……」

S+はそれだけでもう伝説の存在だ。というより、Sランクとい言うだけで伝説に名を残すんだ。

竜でもA+なのだから。

その上は神話の世界の存在だろうに……。

「ま、リリィはそれでなくても伝説の聖女様だったわけだしねぇ」

「恥ずかしい……」

恥ずかしがることではない気がするが、リリィは照れて顔を赤らめていた。

裸にシーツを巻いただけの状態でその表情はやめてほしい。下半身にも悪い。

「と、いうことで、リリィも強くなったしこれからどうするか決めよっか」

ビレナが話を戻す。

「取れる手段としては、さっきも言ってたけど例えばリリィはここで死んだってことにすれば、一応自由にはなれるよね」

ビレナの案に納得する。

確かにそれでいけることはいけるだろう。

ただささっき状況が変わったと言っていたことがようやくここで説明された。

「Sランク冒険者としてのリリィも同時に、死んだことになっちゃうからなぁ」

「まあそれは上げれば良いにしても、ちょっと面倒ですからね」

ちょっと面倒なだけで済むのがすごいんだが……まあいい。

「それにほら、リントくんにこんなに強くされちゃったら、ランク上げなんかに時間使うのももったいないでしょ」

「そうなんですよ」

二人が言う状況が変わったというのはこの部分だったらしい。

「というより、これまで考えていた作戦なんて無視できるくらいには、天使化一つとっても大きなカードになります」

なるほどなぁ……。

「じゃあ、どうする？」

「んー、やっぱ神国ぶっ壊すかぁ」

ビレナは壊したがりだった。

「ちょ、ちょっと！　一応あんなんでも私の故郷なんですよ！　簡単に壊さないでください！」

良かった、常識人がいて。

話をすすめるために一つ提案をする。

「教皇を差し出す代わりに聖女の自由を求めるってのは？」

これだけあっさり聖女であるリリィと接触できたことを考えると、教皇の方も大した苦労もなくいける気はする。

ほとんどビレナの意味のわからない力によるものだったが、一旦それは置いておくとしてどうだろうか。

二人の反応は二極化していた。

「天才！」

「あー……」

俺の提案にビレナは乗り気だがリリィはためらった。

「何か問題が？」

「えーっと、多分キラエムが……」

「キラエム……今の指導者だよね」

「はい。思考がほとんど教皇と同じなので想像が付きます。おそらくそれでは収まらないかと」

キラエムは教皇と似たもの同士とのことだ。この場合は悪い意味で。

つまりかなり独裁色の強い人間であり、何でも強引に推し進めてしまうという。

リリィの話によると教皇体制、というか神国全体が陰謀渦巻く状態になっていたらしい。そんな中で枢機卿、神国のナンバーツーにまで昇り詰めたのだからまぁ、似るのは当然か。

「多分私を手放す気はないと思います……」

聖女を見逃す気はないし、教皇を生かしておくつもりもない。

冒険者相手に交渉に応じるようなタイプでもないとのことだ。

「やっぱり壊すしか……」

「何かもう、面倒だからそうしたほうが良い気もしてきました……」

だめだ。常識人が早くも離脱しかけている。

「リントくんが乗っ取る？」

「あー、ご主人さまにトップになってもらいましょうか」

「国民全員テイムしておけばクーデターの心配もないし」

「いやいや……まずは状況を整理しよう」

面倒になった二人がとんでもない話をしはじめたので慌てて軌道修正する。

何だ国民全員テイムって……キラエムも真っ青な独裁者だぞそれ。

「とりあえず、見張りは倒しちゃったわけだし、朝までにどうするか決めないとだよな？」

そんな忙しいタイミングでナニをしてるんだという野暮なツッコミは誰も入れなかった。

「王都に来てるのは教皇と聖女を中心とした旧政権組ってことで合ってるか？」

「そうですね。とはいってもほとんど殺されましたが……。力のあった味方でキラエムについたふりをしているものもいますが、私が戻らなければ意味はありませんしね」

なるほど……。

「王都じゃもうすぐ来る聖女様と教皇を担ぎ上げてお祭り騒ぎなのに、実際はクーデターから逃げてきた状態だもんねえ」

ビレナが軽いノリで言う。

王都の国民にとっては衝撃的な事実だろうなあ……。

「教皇の狙いは王国の後ろ盾をもって、神国のクーデターを鎮めることでした」

「もちろんリリィはそれに乗っかるつもりもないんだよな？」

「はい。さっき言ったとおり、私としてはいい機会なので失踪してまた冒険者でもやろうかと思っていましたから」

まあ一度Sランクになってれば、名を隠してもう一度やり直すというのもそれはそれでという話だったんだろう。

「教皇側でも、キラエム側でも、どちらにいても私はお飾りの聖女だったので……ビレナやヴィレントにわかるように合図を出していたわけです」

その連絡を受けてビレナたちが動いたわけだ。

「とはいえ少しくらい苦戦してもいいくらいには護衛もいたと思うんですが……」

そう言ってビレナを見る聖女リリィ。ライバル意識が強いなぁ。

「にゃはは。まあリリィも強くなったでしょ？」

「はぁ……。まあそういう意味では、死んだことにするのは当初の予定通りではあるのですが……」

「これだけの力を持ったなら、せっかくなら生かしたいもんね」

「そうですね。Sランクにしかできないことも多いので」

もともとの状態なら一から冒険者をやるのも楽しめたかもしれないが、今回のテイムを通じてあまりに力がついてしまったためそれでは退屈になるという、シンプルな問題だった。

ただそれでも、そのワガママに手を貸して、力ずくでもなんとかするのがビレナだ。

まあいまからFランクとか、バカバカしいというのはわかる。仕組み上一気にあげにくいしなぁ。

「というわけで、聖女様は生存したままいきます！」

「じゃあどうするんだ？　教皇につくのかキラエムにつくのか、か？」

聖女を助けるというだけならどちらでもメリットとデメリットがあるが、可能性はあると思う。

だがビレナの頭にそんな安全策などなかった。

「んーん。やっぱりクーデターごと神国を潰して、乗っ取っちゃったほうがいい」

屈託のない笑顔で告げるビレナ。

結局壊すらしい……。キラエムにしてみても教皇にしてみても、まさかの第三勢力の出現だろうな……。

「本気か？」

「本気だよ！」

諦めつつも一応確認した言葉は、当たり前のように受け流されてしまった。

「結局、それが一番いいかもしれませんね……」

「リリィもか……」

まあでも聖女であるリリィがこのめちゃくちゃな話に乗る姿勢を見せているところを見ると、そんなに悪い方針ではないのか、ビレナの性格を知っていて諦めているかだが……後者じゃないことを祈ろう。

「ま、こうなったらもうあとはキラエムをどうするかだけだけど、キラエムってわざわざ王国に来ないでしょ？」

「そうですね。私たちを諦めてはいませんが、決戦は神国内と考えているはずなので」

「教皇は良いのか？」

「王国の強力な後ろ盾があればまだ、可能性がわずかにあったんですけどね」

それを求めて来たんだもんな。

その言い方だともう可能性はないということか。

「強力な後ろ盾の最有力候補が冒険者ギルドだったからねえ。ヴィレントがこっちにいるから、もうだめだね」

あー……。

「つまり……」

「教皇はもうおしまい」

「なるほど……」

他にも贔屓《ひいき》の貴族や王家に頼ることはできるかもしれないとは言っていたが、王家に関してはほぼ可能性はないらしい。

「いまの国王は教皇を助けるくらいなら、新たな指導者、キラエムに近づいた方が良いと考えるでしょうね」

「周辺貴族はどうなんだ？」

「そっちは可能性があるけど、Sランクを抱えてるような大貴族はいないから大丈夫だと思う」

「怪しかったのは神国と国境を挟んだ辺境伯でしたが、あれはキラエムにつきました」

「そうなのか」

辺境伯ビハイド。

フレーメルを含む国の東側を守護する辺境伯家だ。国に五家しかない大貴族だが、今回は一旦置いておいて良いと言う。

「教皇は命からがら逃げ出して、私が連れてきたんですが……」

「今はどうしてるんだ？　その教皇って」

「どこかここより安全でいい所を探したかと思います。大まかに目星はつきますが」

「一緒にいれば色々変わったのになぁ」

「私もSランクでしたから……あまりに近くに置いておくのは怖かったようですね」

まあそうか。万が一この状況でリリィが寝返ったりしたら教皇は終わるからな。

そもそもリリィ自身の強さを思えば護衛などあってないようなもの。どちらかといえば周りにいたあれはもう監視用だったかもしれない。

と、考えていたらビレナが飛び起きて叫ぶ。

「あ！　良いこと思いついた」

絶対ろくでもない考えだ。

「リリィが神の使いとしてリントくんを指名しちゃえば、神国民の支持はこっちに集まるよ！」

何だ神の使いって……。それにこんなぽっと出の男にいくら聖女の言葉があってもすぐに支持が集まるとは思えない。

真面目な話に戻す必要を感じて頭を切り替えるが、あろうことかリリィがこれに乗っかろうとしている。

「なるほど……それでご主人さまを……」

「え、まじでやるの？」

冗談じゃないのか？　その作戦。

「リリィ、神国にまともな味方も多少はいるんだったよね？」

「正確にはどのくらい残ったかわかりませんが……」

「リリィが神の使い、リントくんがお飾りのトップ、あとはリリィの味方で国を回せばいいよね？」

「何とか……なるかもしれません」

何とかなるのか……。大丈夫かよ、神国。

「じゃ、その方向で行こー！　何からする？」

「キラエム側のことは一旦置いておいて大丈夫なので、まず教皇を捕らえましょう」

ついていけない俺を置いてけぼりにして、二人がさらなるクーデターの計画を立て始めていた。

このわずかな期間で二度も国が傾く神国へ同情を隠しきれない。

「教皇の宿泊施設の目星はこの中のいずれかです」

教皇は王国内でうまく立ち回るために聖女の動向をコントロールしたがったらしく、リリィの宿泊場所を指定していた。

一方でもう教皇に興味を失っていたリリィは教皇の居場所を完全には把握していないのだという。

「あ、じゃあ私が持ってるこれと合わせれば特定できそう！」

それぞれ何かが書き込まれた紙を出し合っている。ビレナのやつはヴィレントからもらったやつだから見たことがあるが、リリィも似たような物を持っていた。

当たり前のように所持しているがこれ、情報屋に売れるレベルの貴重な資料だった。

「ビンゴ！　ここだね」

「そうですね。それにしても……わかりやすいというか何というか……」

教皇の泊まっている施設は王国内で三本の指に入る屈指の高級宿だった。リリィがこの何の変哲もない宿に泊まっていることを考えると何というか……その性格がよくわかるというものだな。

「さてと……場所がわかれば大丈夫だけど、護衛ってどんな感じなの？」

「警戒するほどのことはないかと」

「バロンは？」

「バロンは教皇のそばにいません」

「そうなのか……？」

じゃあどこにいるんだ？

「バロンはこんな高級宿に泊まるようなタイプではないですからね」

「教皇に合流してたとしても、その後すぐ離れそうな感じっぽいよね」

「はい。それに教皇は私同様、いえそれ以上にバロンのことも警戒していますから……」

「仲が悪いというか……教皇って馬鹿なのか？」

この状況、バロンや聖女リリィと力を合わせれば十分打開できたのではないだろうか。

まあそれができないからこんなことになってるんだよな……。独裁者の末路という感じがした。

「おそらくですが、バロンもすでに教皇に見切りをつけているのではないかと考えています」

「見切り……？」

リリィの言葉の真意を探る。

「教皇は確かに愚かですが、それでもあの状況でバロンを手放すとは思えません」

「一触即発って言ってたのに最大戦力がいなかったんだもんな」

「はい。おそらくバロンは、枢機卿側と何かしらのつながりがあります」

大問題だった。

そうなるともはや、余計教皇に未来はないな……。哀れなことに。

「バロンはいないでしょうが、おそらく部下は教皇のもとにいます」

竜殺しのバロン率いる滅龍騎士団は全部で五十名。

超精鋭のみを集めた選りすぐりの部隊という謳《うた》い文句があるが、実態はそれ以上いると騎士団に国を乗っ取られるのではないかという教皇の小物感あふれる危惧によるものらしい……。

五十人くらいなら、金にものを言わせて雇う傭兵たちで抑え込めると思っていたようだが、ビレナの見解はこうだ。

「実際にはSランク相当の団長一人で神国なんて傾けられるんだけどね」

「バロンがそれをしないのは……実は人が良かったりするのか？」

ないとは思うが聞いてみた。

「本当に人が良ければあの国の状態を見て放置はしませんね」

まぁ確かにそうだよな……。

「バロンは聖女に次ぐ国の象徴。力を恐れた教皇が待遇だけは良くしていましたから。人気を集めながら美味しい思いだけ出来る状態でした。それだけに枢機卿派との折り合いは決して良くはない、というのが表向きのスタンスでしたが……枢機卿キラエムは油断ならない人物のようですね」

そういう感じか……。

「そんな理由だから、教皇とバロンの力関係も微妙なんです。多分バロンにはどこに泊まっているか伝えていませんし、バロンも教皇に自分の居場所は嘘の情報を教えているはずです」

「そこまでなんだな……」

絶望的に教皇は孤独だった。自ら進んでそうなってる部分もあるわけだが、実際にバロンが枢機卿派に寝返っているとすると、可哀想になるほど哀れな状況のようだ。

「バロンが留守の隙をついてクーデターは起きたんだよな？」

「そうですね。クーデターの噂を聞きつけて戻ったものの、すでに教皇は敗走。追いかけるようにこっちに来たということになっています」

「実際には枢機卿とのつながりがあったから現場を離れていた可能性が高いと……」

「純粋な戦闘能力なら私より強いんですけどね」

話をまとめるとろくなやつではないが、強いことは間違いないらしい。

「ということで、バロンのことは後で考えるとして、明日にでも教皇のとこには行こうね！」

「まぁ、朝にはこの状況が伝わるもんな……」

「仮眠を取ったら行きましょうか。身体に残る疲れは私の魔法で取り除きますから」

「便利だなぁ……聖魔法」

「ふふ。これからご主人さまは使い放題ですからね。死んでも生き返らせますから！」

「できれば死ぬ前に助けてほしい……」

リリィは聖属性の適性が大きいのもそうだが、ソロでSランク冒険者になっているのだ。

普通に戦っても相当強いことはわかる。

「あ、そっか。リリィがいたらリントくん、もうちょっと早く成長できるかもね？」

ビレナの怖い言葉は聞かなかったことにして眠ることにする。

明日も早いからな……。

◇

「ここ！　一人だけ露骨に高い部屋とってるからわかりやすいよねー」

「私のほうが、一応の立場的には上のはずなんですけどねえ」

ビレナとリリィの案内でやってきた教皇が泊まっている宿。

ここまでに出会った警備は当然のようにあっさり全滅していた。

あとは部屋に踏み込むだけ。そう思ったところで首筋に得体のしれない嫌な感覚を覚え、咄嗟に俺はカゲロウを憑依させた。

「……っ！」

直後、俺の首元にナイフが押し当てられる。だがそのナイフを憑依したカゲロウが噛み砕いた。

「む……」

「何だ⁉」

距離をとった相手と改めて対峙する。

全身を覆う布がその素顔だけでなく体型すらも隠す。その風貌、そして今の感覚……。

「暗殺者……？」

素早く戦闘態勢に入ったリリィが答えてくれる。

「正解です。すみません、姿を見せていなかったのでてっきり神国で死んだものと思っていました」

「味方……じゃなさそうだもんなぁ」

「ええ……。教皇子飼いの暗殺者シーケス。滅龍騎士団と違い表舞台には出てきませんが、国内屈指の実力者です」

その言葉に思わずつばを飲み込んだ。

リリィをして実力者と言わしめるということは、かなりの相手ということだ。それを裏付けるようにビレナがこう言った。

「結構やるね」

「ええ。単体戦闘能力なら神国内でもバロンに次ぐ力があるかと」

「リリィより？」

「私は戦闘能力の比較に挙がる立場ではないので……」

まあそりゃそうか。にしてもじゃあ……。

「神国で二番目に強い相手……か」

「もちろん専門が暗殺ですからこうして向き合えば話は変わりますが……そうなりますね」

とはいえ二人に勝てるほどの相手ではなさそうだ。そう思って安心していたのだが、ビレナの口から俺の安心を奪い去る一言が飛び出した。

「ちょうどいいね」

嫌な予感しかしない。

そしてそれにリリィが乗っかった。

「そうですね。バロンとやり合う前の良い練習になります」

嫌な予感が的中した。

「えっと……」

「大丈夫ですよ。どんな毒を仕込まれても、どれだけ身体が切り刻まれても、この距離なら死ぬ前に治しますから」

天使の微笑みで悪魔のようなことを言うリリィ。

「怪我する前に対策するっていうのは……」

「リントくん、やられる前にやれば怪我しないよ！」

二人に言った俺が馬鹿だったらしい。

シーケスと言ったか……。こんな会話をしながらではあるが、俺は目を離す余裕などない。

向こうも向こうでビレナとリリィを警戒したのか動きを見せていなかったが、俺の目を見て構えをとった。

「ご主人さまにとっては、神国に触れるという意味でも良いかもしれませんよ」

「どういうことだ……？」

「戦えばわかるかと」

リリィの真意が気になるが、それ以上喋っている余裕はなくなった。

「ふっ！」

シークスが素早く動き出す。一瞬姿を見失った俺は……。

「カゲロウ！」

「キュクー！」

カゲロウに防御を任せる。すぐさま呼応してくれたカゲロウの牙がシークスのナイフを受け止める。

——カンッ

「……」

カゲロウに攻撃を阻まれてすぐ距離を取り、再び死角から攻撃を加えてくる。

どうやらシークスは速さを生かしたヒット・アンド・アウェイ戦法を取るらしい。

——ガキン

シークスのナイフとカゲロウの牙がぶつかる。

ビレナたちのスピードを見ていたおかげでかろうじて目で追えているが、全く身体はついていかない。完全にカゲロウのスペック頼みの防戦一方な展開になった。

――ガン

「くっ……」

だがシーケスからしてみれば、Sランクの魔物であるカゲロウの相手をしている状況だ。反撃こそされないにしろ手の打ちようもない状況なのは間違いない。

それでもひたすらに攻撃を繰り返しているのは……。

「あれは……毒だな」

「きゅー」

何とか目で追えた情報をキュルケと共有する。

シーケスは腰元の革袋に都度ナイフを入れてから攻撃をしてきている。確かにこれならば、牙で受けている相手にはそのうち効くかもしれない。もっともそれは、普通の相手ならばという話になるが……。

「カゲロウ相手なら気にすることはないんだろうけど……でもこのままだとなぁ」

後ろにいるビレナとリリィの期待に応えるためには、このままカゲロウに防御を任せたままではいけないことは何となくわかる。

自分でも、この先間違いなくやってくるバロンという強大な相手との戦いの前に、しっかり力をつけておく必要を痛感している。

「やるか……！」

「きゅー！」

「キュクウウウ！」

シークスの攻撃をカゲロウが受け止めた次の瞬間、俺はカゲロウの憑依を改めて組み立て直した。

それまでの、ほとんど近くにカゲロウがいただけと同じような中途半端な憑依から、しっかりと自分の中に溶け込ませるように意識を練り直していく。

これでもう、今までのような自動迎撃は望めなくなった。

改めて気を引き締める。防御で集中するのは正面側のみ、後ろからの攻撃には……。

「きゅきゅー！」

「なっ……⁉」

頼れる相棒に対応してもらうことにした。

しっかり期待に応えてくれるキュルケ。動揺したシークスに隙が生まれる。

「カゲロウ！」

「キュクウウウウ」

タイミングを合わせ、後退しようとした相手に急接近する。

——カキンッ

俺の短剣による一撃はシーケスのナイフにあっさり止められる。

だがこれでいい。本命はツノウサギ戦で覚えたもう一つの武器。

「いけっ！」

「魔法かっ⁉」

無色の魔力球。カゲロウの炎では強すぎたので、対策として生み出した大雑把な魔力をぶつけるだけの攻撃。あのとき何度も試したおかげで随分コントロールが利くようになっていた。

「キュクウウウウウ」

カゲロウの魔力がシーケスの身体に襲いかかり……。

「甘い」

さっと身を捻《ねじ》って躱《かわ》された。

「くそ……」

だがあちらも攻撃に転じる余裕はなく、一度お互いの距離が離れる。

カゲロウの炎ならばいけただろうか。いやそれでもやはり、躱されていた気がする。

もちろんカゲロウに全方位へ向けて攻撃を命じればそれで倒せるのかもしれないが、その攻撃から身を守るすべもないし、ここでそれをやると教皇ごと、下手をすれば無関係な人間まで巻き込むことになる。

と、考え込んでいたら意外にもシーケスが会話を望んだ。

「なぜ猊下《げいか》を狙う」

なぜ……か。元々はリリィを自由にするための一番良いルートを模索した結果だ。

だがクーデターまで起きた国。その背景には国民の不満があるだろう。その不満の矛先が教皇ザウスル。リリィとの会話の中からだけでも、俺には何とかするべき相手に思える。

そのことを告げたがシーケスの心に響いた様子はない。

「逆に聞くが……なぜ守るんだ？」

「なぜ……？　神の意思を反映する猊下をお守りするのは当然のことだろう？」

「神の意思……？」

「神のために生き、神のために死ぬ。それが人間の喜びだ。そしてその神の代弁者こそ、猊下だ」

なるほど。リリィが言ってたのはこれか。

「こっちにいる聖女はいいのか？」

「聖女様は洗脳されている。後でお救いするだけだ」

「できるのか？　俺はともかく二人相手に」

「不思議なことを聞くな……できるかどうかなど問題ではない。神のために私がすべきことなど一つだ」

それだけ言うと再び構えをつくるシーケス。

これが神国の人間というわけか……。いやクーデターが起きたということは、もう少し人間味があるのが普通なんだろうけどな。だがシーケスのような狂信的な人間も少なくないことは先程のリリィの思わせぶりな言葉から想像できた。

「説得できる相手じゃないし、力ずくで片付けるしかないな」

手札はすでに使い切っているが、決して勝てないわけじゃない。

集中し直す。

その呼吸の合間を狙ったかのように、シーケスの姿が消えてこちらに急接近してきた。

「くっ……⁉」

直線ではなくいくつかのフェイントを交えながら、一撃必殺を狙う毒ナイフの攻撃が俺のもとに迫る。

――カンッ

「きゅきゅー！」

「助かった！」

先程と同じように、初撃はキュルケが受け止めた。

奇《く》しくもさっきと同じ状況に持ち込めたのだ。ここで攻めきる。

キュルケに対応している隙をついて、カゲロウとともに短剣で斬りかかる。

「無駄なことを」

先程と同じ、いや先程よりも余裕を持って、その短剣は再びナイフに阻まれる。

「カゲロウ！」

「キュクウウウウウ」

「私に同じ手は……何っ⁉」

さっきと同じ流れ、その中でカゲロウに与える指示を一つだけ変えていたのだ。

魔力球を同時に三つ展開するように、と。

「ちっ！」

シーケスも流石の動きを見せた。魔力球のうち二つは先程と同じように身を捻って躱したのだ。

だが一つは当たる。そう確信を持ったのだが……。

「甘いと言っただろう」

ナイフを持つ右手と反対側、左手に一枚の布を持ち出し、魔力球を弾き返してきたのだ。

「なっ⁉」

「世の中にどんな魔道具が存在するか、もう少し勉強しておくべきだったな」

弾き返された魔力球はもともとのものより威力が高まっている。これを正面から受ければそれなりのダメージを負うことになるだろう。だがまあ、それで勝てるなら仕方ない。甘んじて受けよう。

「何を……？」

そのまま魔力球を受ける俺を見て動揺するシーケス。俺の行動に目を奪われたせいで、背後に迫る俺のもう一つの刃から意識が離れていたようだ。

「きゅきゅー！」

「がはっ……」

キュルケがシーケスの背後に回り込み、強烈な一撃を見舞う。

「きゅーっ！」

得意げに胸を張ってドヤ顔を見せるキュルケ。

「よくやっ……なっ⁉」

言いかけた言葉はシーケスの思わぬ反撃に阻まれる。意識を刈り取るには十分と思われたキュルケの一撃に耐え、その勢いを生かしてこちらにナイフを突き立ててきたのだ。

「キュクゥウウウウウ」

すぐにカゲロウが機転を利かせて防御態勢を取る。

だがカゲロウのもとにナイフは届くことなく……。

「逃げた……？」

途中で急激に方向を変えたシーケスは、一瞬にして姿も気配も消えていた。

「あと一歩でしたね」

「ああ……いや、追わなくていいのか？」

リリィが余裕を持って見送ったのを見て俺だけが慌てる。二人ならおそらくどこへ行ったかも見えているだろうし、今からでも追いつくだろうと思ったが……。

「大丈夫ですよ。向かった先はバロンのもとでしょうから」

「にゃはは。ちょうど良いじゃん？　向こうから来てくれるようになって」

なるほど、二人の余裕はそこからか。

だが仕留めきれなかった不甲斐なさは残る。そんな思いが胸中を渦巻く中、すり寄ってきたキュルケとカゲロウに和まされたところで、防御しきれなかった魔力球のダメージが回ってきた俺は意識を手放した。

◇

「お目覚めですね。ご主人さま」

「リリィ……？　ここは……」

「教皇の寝ていた部屋ですよ。シーケスとの戦い、まさか自分を犠牲にするとは思いませんでした」

「ああ……でもうまくいってよかったよ」

あれでだめなら周囲の被害をいとわずやるしかなくなっていたところだしな。だが結局倒しきれなかったからな……。

「そんなに気に病まなくても大丈夫。ご主人さまならあのまま戦っていれば勝っていましたから」

リリィのフォローが心にしみた。

「にしても、あれが神国では普通なのか……？」

シーケスの言動についてリリィに確認する。

「流石にあそこまでいく例は稀ですが、教皇に近いものほどそうなる傾向にありますね」

「なるほど……」

今後神国を相手取るとすれば、ある意味では一番骨が折れそうなところだった。

全部が全部力ずくというわけにもいかないだろうし、そもそも全員が魔法使いの国なんだ。シーケスは身体強化の魔法しか使っていなかったようだったがその先は大変そうだ。厄介な魔法使いが現れないことを祈ろう。

そこまで考えたところで、ビレナの明るい声が耳に入る。

「にゃはは。頑張ったね、リントくん」

「リリィが治してくれるって言ってたからな」

その言葉通りどうやら俺が意識を飛ばしていたのも一瞬だったようだ。

目の前には室内にいたと思われる護衛たちが倒れている。ビレナがやったんだろうな。

これが滅龍騎士団なのか？　装備や体格、そして数からいって、俺が相手していたらまた相当苦戦したことは間違いないだろう。本当に全然追いつけないなと思った。

と、考え込んでいると奥にいた一番偉そうな老人が騒ぎ出す。

「何だ貴様らは⁉」

「あれで合ってる？」

「そうですね」

リリィに確認した次の瞬間にはビレナの姿が消えていた。

「ぐっ……何だ……何なのだ一体」

教皇を捕らえるのは非常にあっさり終わったようだ。部屋にいたのは教皇のベッドで横たわっていた裸の美少女たちと……男も交じっていた。すごい美少年ではあるけど。

すごいな……。教皇の守備範囲の広さにうっかり感銘を受けそうになってしまった。

「はい。じゃあみんなはこっちね。服も着てね」

ビレナがその場にいた数人の少年少女を誘導してあげていた。どんなプレイをしていたんだろうな……この人数で。

「リントくん、何人かテイムする？」

「バカ言うな！」

「にゃはは」

頭によぎった煩悩《ぼんのう》を振り払ってる間に、捕まった教皇の前にリリィが姿を現した。

「つい最近やられた割に、随分無防備ですね」

リリィの冷たい微笑みが教皇を突き刺していた。

「おやおや聖女様。これは一体、何の真似ですかな？」

「神のお告げを受けましたので」

「は？」

ぽかんとする教皇。

「ははははは。何を言い出すかと思えば……」

神のお告げがありえないことであるというのは、聖女と教皇の共通見解だったらしい。だからこそ、笑い飛ばしたわけだ。

「お戯《たわむ》れはこのくらいに。今ならば私は貴女を許しましょう」

教皇の言葉に応えたのはビレナの拳だった。

――パーン

「捕まってるくせに何でこいつこんな偉そうなの？」

「ぶはっ。貴様っ⁉」

「うるさい」

――バーン

おいおい首が変な方向に向いたぞ……。

「あ、やりすぎた！　リリィ～」

「はぁ……仕方ないですね」

リリィが手をかざすとぐったりしていた教皇が傷一つない状態で意識を取り戻した。

「で、誰を許すって？」

「ひっ……」

「あっ、ちょっと漏らすのはやめてね。そこまでは面倒見きれないから」

黙ってすごい勢いでうなずく教皇。もはや偉そうなのは豪華な衣装だけとなっていた。

「さ、行こっか」

すっかり怯《おび》えきった教皇を引きずって連れ出す。ビレナの頭ではもうギルに乗って神国に殴り込みに行く気かもしれない。ストップをかけたのはリリィだった。

「ビレナ、先にバロンですよ」

「ふふふふ……ははははははは」

リリィの言葉をきっかけに教皇が壊れたように笑い始めた。

「うるさい」

「ぐはっ」

ビレナに黙らされる。

だが教皇は自信を取り戻したようでめげなかった。

「ふんっ……。あやつがおった。そうだそうだ。貴様らなど――ぐっ……」

ビレナの手刀が入り教皇の意識が刈り取られた。

「今回は綺麗に眠らせたから大丈夫だと思う」

「……まぁいいでしょう」

基準がわからないが今回はリリィの回復はなく、このまま寝かせておくことにしたらしい。哀れ教皇、ビレナの前では権威は意味をなさなかったな……。

「捕らえたのは良いけど、どうするんだ？」

「まだ王国側に来訪の報告はしていませんから。しばらく予定もありませんでしたし、どこかに転がしておけばいいでしょう」

「護衛たちはどうする？」

リリィの周りにいたやつらは一応まとめて置いてきているが、今回も同じだろうか？

「んー……面倒だから押し付けちゃおっか」

「押し付ける……？」

「ああ……ヴィレントですね」

そういうことか。

「教皇もいるし、まとめてヴィレントのとこに持っていこー」

「そんな軽いノリで……」

まあでも、リリィの顔を見せるという意味では、一度会うのはいいかもしれない。

リリィ以上の厄介事も持ち込まれることになるんだけどな。

「じゃ、行こー！」

「結構朝早いけど大丈夫か？」

「私が突然現れると混乱が起きるでしょうし、人がいないのはいいことです」

「そうか……」

ヴィレントは普段からギルド本部にいるらしいからそこに向かうことになった。

多少人に見られそうな部分は魔法でごまかすらしい。まぁリリィが大丈夫だと言うならいいんだろう。

「じゃ、全員くくりつけちゃおー」

「あっちのも拾っていかないといけませんね」

「人ってこんなに雑に扱っても大丈夫なんだな……」

ビレナは物理的に、リリィは魔法を使いながら適当としか思えない雑さで縛り上げてはギルの足にくくりつけていく。

「これ、着地のとき死なない？」

「大丈夫大丈夫！　ね？　ギルちゃん」

「グルルルル」

ご機嫌に応えるギルを見てると何とかなりそうな気もしてくるが……まぁいいか。

「最悪私がいますから。パーツが揃ってれば生き返れますよ」

怖いことを言って微笑む聖女様がそこにはいた。

「それにしても、ご主人さまの従魔は頼もしい子ばかりですね」

「きゅきゅっ！」

ギルを見て言ったと思うんだがキュルケが誇らしげに胸を張っていた。まあ今回もよく頑張ってくれたしな。

「じゃ、行こっか！」

ビレナはいつもどおり跳び上がってギルに跨る。

リリィはどうするかと思っていたが、羽を広げてふわりとギルのもとに飛んでいっていた。すごいな……。

俺はいつもどおり、ギルの首に垂れ下がってきた鎖をしっかり固定して首を撫でる。するとギルが前脚を登りやすいように調整してくれて、何とかよじ登れるという感じだった。

「竜に乗るのは初めてですね……！」

「あれ？　竜倒したときに馬乗りになってなかったっけ？」

「あれとこれを一緒にしないでください！」

隣でとんでもない話が繰り広げられていたが、聞かなかったことにしよう。突っ込み始めるところちらの感覚が狂う一方だからな。

「ギルちゃんが大きくてよかったねー！　まだ余裕あるよ！」

「そうだな」

「グラルルルル」

空の旅を楽しみながらそんな会話をする。

「それにしても、本当にあっという間ですね。飛ぶと」

「リリィも本気で走ったら同じくらいになるでしょ？」

「いやいや……ビレナと一緒にしないでください……まぁ私も飛べば同じかもしれませんが」

やっぱりSランクはどこかおかしいんだなぁと思いながら、快適な空の旅が続いた。

王都ギルドはもう、すぐそこだった。

エピローグ

「悪いが急いでいるのでな。お前たちの相手をしている暇はないのだ」

全身鎧に身を包み、背中には斧。強者の風格を漂わせる騎士が、対峙する魔物にそう声をかける。

神国と王国をつなぐ森の中、騎士の前に立ちふさがるのは危険度Aの魔物、ギガントウルフ、その群れだった。

「グルルルルル」

ギガントウルフたちにとって見れば目の前にいる騎士などただの餌……いやそれどころか、下手をすればおもちゃでしかない。

実際この道を通る人間を何人も餌として、おもちゃとして壊してきたのだ。その中には上位の冒険者や護衛を任された実力者も数多くいた。

危険度Aの魔物のその群れというのは、それだけの力を持つものだった。

ギガントウルフたちからすれば、今回も少し装備が良いだけで大差はない。そう思っていた。

「仕方ない……」

だがこの騎士は違った。

「グルルルグガァ⁉」

「「⁉」」

ギガントウルフの群れに動揺が走る。突如仲間が一体、首から上を吹き飛ばされて死んだのだ。

彼らからすれば本当に一瞬で首が飛んだようにしか見えない。まさか目の前のおもちゃ候補の人間が、そんなことをしでかしたなどとは夢にも思わなかったからだ。

「グルァァアアア」

「まったく……おとなしく逃げていれば良かったものを……」

ギガントウルフたちは結局、自分の身に何が起きたかすら把握することなく全滅した。

「食料調達になったと思えばまぁ、良いか……」

強敵を打ち倒したというのに何の感慨もなく呟く騎士こそ、滅龍騎士団長バロンその人であった。

ふとそこに、いつの間にかもう一名の影が現れる。

「シーケスか……よくここがわかった」

「教皇が囚《とら》われました」

バロンの言葉には応じず、静かに淡々と要件だけを告げるシーケス。

「見たところ、お前もやられたのか……？」

シーケスの傷を見てバロンが尋ねる。

「……お恥ずかしながら……」

シーケスは自身の失態を重く捉えていた。

勝負に負けたこと以上に、あのまま教皇の奪還を目指すのではなく、バロンに情報を伝えることを優先したこともまた、恥じ入るべきことのようにシーケスは感じていた。

本来なら身を捨ててでも立ち向かうべきだったと思う。

少なくとも教皇ザウスルからはそのように指示を受けていたのだ。だがそれでも、バロンを頼るべきであると本能が告げ、それに従った。

神の意向である教皇の指示に逆らい、本能のままに行動してしまったことを恥じているのだ。

今までのシーケスであれば玉砕覚悟で飛び込んだはずだ。

何がそうさせたのかはシーケス自身わかっていない。だがどうやら、ビレナとリリィだけでなく、リントを脅威と認識したことで考えに変化が生まれたことは確かなようだった。

一度負けた相手。それもそのときの負け方が、シーケスにこの選択を迫った。自分の身を犠牲にして攻撃してきたリントの表情が、安心しきったものだったからだ。

その理由は直後、聖女リリルナシルが治療を開始したことで判明する。仲間の存在があれほどまでの意味を持つということを、シーケスは甘く見ていた。だからこそ今回、味方となりうる存在を探し求めてバロンのところへ赴いたのだ。

その様子を静かに見ていたバロンがシーケスに短く問うた。

「相手は……？」

一瞬言いよどんだ後、シーケスが告げた。

「……聖女様たちでございます」

「なるほど……」

ニヤリと口元を歪めるバロン。

聖女もまた、教皇を裏切ったということだ。だが一方で、先程まで話していた枢機卿側の使者の話にはその情報はなかった。

つまり聖女に関する情報、いや聖女そのものが、枢機卿への良い手土産になるのだ。

しかしシーケスにはその心中を察することは出来なかった。

「わかった。あとは任せておけ」

「……はっ」

だがその恐ろしいまでに膨れ上がったオーラだけは、近くにいたシーケスだからこそ感じ取れてしまう。

その圧倒的な強者の風格は、実力者であるシーケスをして思わずのけぞるほどのものだった。

あとがき

おそらく多くの方ははじめましてです。すかいふぁーむと申します。

この度は本書をお手にとっていただき誠にありがとうございます。

あとがきから読む方も本編を読み終わった方も楽しんでいただけるようにいくつかお話させていただければと思っています。


本作は私にとって初めて書籍化が決まった作品でした。

書籍化を夢見てＷＥＢ投稿していた中、書籍化打診の連絡を受けたときの気持ちは今も忘れません。

未だに小説家になろうのメッセージを遡って打診の文面を読んでモチベーションを高めるときがあるほどです。


さて、ネタバレしない程度に内容にも触れられればと思いますが……テイマーって良いですよね。

種族を超えて信頼関係を構築できるスキル。そう思っています。

私は動物が好きで家に生き物部屋があったり、動物取扱業を取得していたりするのですが、その影響で作品もテイマーものが多くなっています。

本作はそんなテイマーものの中でも『エロ』に特化した作品になっています。


いやでも一度は思うはずです。

「女の子のこと【テイム】できたら色々やりたい放題なんじゃないか？」と
本作はそんな男の夢を詰め込んだやりたい放題の作品……になるはずだったのですが、書き出してみるとヒロインのほうが色んな意味で強い、という状況になり、若干主人公が振り回され気味です。

テイムがエッチに結びつくという意味では、本領発揮ができるのは二巻以降、キャラが増えていったときかなとも思っています。

やっぱりこう、反抗的な子が【テイム】される方が燃えますよね。例えば本編に出てきたあの受付嬢とか……。

ということで、ぜひ二巻でもお会いできると嬉しく思っています。


最後になりましたが、イラストレーターの大熊猫介先生。魅力的なキャラクターデザイン、イラストをありがとうございました。

作業配信にお邪魔させていただくなど、刺激を頂きながら執筆を進めておりました。

イラストに合わせて描写を追加するシーンも出てくるほど様々なアイデアを頂き、感謝に堪えません。

また担当していただきました編集編集Kさん。

本作は前述の通りＷＥＢ連載からの書籍化なのですが、当時の文章は本当に粗が目立つ部分が多くあり、今ならもっとこうするのに……という点も多くある中、根気強く手直しを頂きながらこうして書籍化へと至りました。

ＷＥＢ連載時には五万文字ほどだった部分を二十万文字まで膨らませて結局一部をカットしないといけなくなるような暴走劇を繰り広げながらのお披露目で、お付き合いいただいた編集氏には頭が上がりません。ありがとうございます。

その他、本書がこうして形になるまで、またなってから、関わっていただいた書ききれないほど多くの方々にも感謝を述べたいと思います。ありがとうございました。

そして、こうして本書をお手に取っていただいた紳士淑女の皆様。誠にありがとうございました。

二巻はいろいろな意味でパワーアップして戻ってこられればと思っております。

ぜひ今後とも、よろしくお願いいたします。

すかいふぁーむ

コミカライズが早くも決定!!

脱法テイマーの成り上がり冒険譚
~Sランク美少女冒険者が俺の獣魔になってテイマす~

漫画：真鍋譲治
原作：すかいふぁーむ
キャラクター原案：大熊猫介

コミックライドAdV.にて
2021年春頃スタート!!

GC NOVELS

脱法テイマーの成り上がり冒険譚 1

～Sランク美少女冒険者が俺の獣魔になってテイマす～

2021年1月2日初版発行

著者　すかいふぁーむ

イラスト　大熊猫介

発行人　子安喜美子

編集　川口祐清

編集補助　和田悠利

装丁　森昌史

印刷所　株式会社エデュプレス

発行　株式会社マイクロマガジン社
〒104-0041 東京都中央区新富1-3-7 ヨドコウビル
［販売部］TEL 03-3206-1641／FAX 03-3551-1208
［編集部］TEL 03-3551-9563／FAX 03-3297-0180
https://micromagazine.co.jp/

ISBN978-4-86716-098-5 C0093

本書は小説投稿サイト「小説家になろう」（https://syosetu.com/）に掲載されていたものを、
加筆の上書籍化したものです。

ファンレター、作品のご感想をお待ちしています！

宛先　〒104-0041　東京都中央区新富1-3-7　ヨドコウビル
株式会社マイクロマガジン社　GCノベルズ編集部「すかいふぁーむ先生」係「大熊猫介先生」係